JN204183

日本児童文学者協会70周年企画　　児童文学 10の冒険

迷い道へようこそ

編
||
日本児童文学者協会

偕成社

児童文学　10の冒険

迷い道へようこそ

児童文学10の冒険

迷い道へようこそ

もくじ

凡例

- 本シリーズは各巻に三〜五点の作品を収録した。
- 選集、全集などの単行本以外を底本とした場合は、出典一覧にその旨を記した。
- 一部の作品は著者が部分的に加筆修正した。
- 漢字には振り仮名を付した。
- 表記は原則として底本どおりとし、明らかな誤記は訂正した。また、本文中の一部に現在では不適当な表現もあるが、作品発表時の時代背景などを考慮し、底本どおりとした。

かめきちのおまかせ自由研究

村上しいこ

1　くさいんや

ぼくは、石垣けいこちゃんとふたりで、南の島にいた。

太陽の光が、さんさんとふりそそぎ、青や赤やむらさきの鳥が、とびまわる。

目の前にひろがる、まっさおな海。

おきには、白やピンクのさんごがゆれる。

「かめきちくんのおよぐすがた、はやく見たいわ」

「じゃ、いっしょにいこ」

「でもわたし、うまくおよげない」

「だいじょうぶ。ぼくが、おしえてあげる。じゃ、さいしょに、バタ足の練習からや。

さあ、海へはいろう」

ぼくとけいこちゃんは、海水で体をぬらした。

「おーい、かめきち」

よばれてふりむくと、砂浜に、いつのまにか、かあちゃんがいる。

（なんで、こんなところに？）

しかも、屋台で、たこやきを売っている。

「かめきちぃー」

かあちゃんがさけぶ。

「かめきち、かめきち、かめきち……」


「コラッ、おきんか、かめきち」

「うわぁ！」

目の前に、かあちゃんの顔。

「いつまでねてるんや。夏休みやからいうて、昼までねてるアホがおるか」

まだ、頭の中が、ぼんやりしていた。

南の島も、青くすきとおった海も、けいこちゃんも、みんな消えてしまった。

のこったのは、本物のかあちゃんだけ。

「ほら、どかんかい。ふとんほさな、あせくさいやろ。宿題はどうしたんや。きょう、自由研究を考える、いうてたやないか」

「こんなに暑いのに、できるわけない」

この家、電気代がもったいないといって、昼間のクーラーは禁止だ。

「夏は暑いて、きまってるんや！」

かあちゃん、ひたいにあせをにじませて、せまってくる。

遠くから見てもこわいけど、近くで見るともっとこわい。

妹のこいちゃんは、友だちとプールへでかけていた。

おきて、ごはん食べて、ぼーっとして、アイス食べて、ぼーっとして、せんぷうきにあたって、マンガ読んで、ぼーっとしてたら、一日がおわってしまった。

自由研究のことを考えないといけないのに、頭の中、セメントみたいにかたまっている。

夜になって、とうちゃんが帰ってきた。とうちゃんがふろにはいると、やっとクーラーがかかる。

ぼくもいっしょに、ふろにはいった。

とうちゃんは、はだかになるとき、へんなくせがある。あせべっとりの、シャツのにおいをかぐのだ。しかも、うれしそうに。

「なんで、においかぐんや。くさいやろ」

ぼくがいうと、

「アホ。これが、たたかってきた男のにおいや」

わけのわからないことをいう。

ミケも、においをかぐのがすきだ。

ねこのくせに、またたびより、とうちゃんがぬいだくつ下のほうが、すきみたいだ。

ヒクヒク鼻にしわをよせて、くつ下のにおいをかぐと、安心して、その上にねころぶ。

「きたないやろ。ほら、どかんかい」

かあちゃんが足でおいはらう。

「なあ、とうちゃん。夏はなんで、暑いのやろ」

ふろの中で、ぼくはきいてみた。

「アホ、そんなこともわからんのか。夏もさむかったら、どっちが夏か冬か、わからんやろ」

「とうちゃんのほうが、わからんわ」

「それより、宿題やったんか？」

ほらきた。

おとなは、みんなこれ。

子どもの顔を見ると、「宿題やったか」と、「大きくなったら、なんになるんや」、こればっかり。

そんなもん、わかるかい。

「そや、とうちゃん。小学校のときの自由研究って、どんなことやった？」

ぼくはきいてみた。

すると、とうちゃん、ぽかんとした顔になって、

「そうやな。そういえば、おぼえてない。なんかやったやろけど」

そして、そのあと、いつものじまん話がはじまった。

六年生の夏休み、とうちゃんは友だちとふたり、自転車で、四国を一周したのだ。

そして、いつもさいごは、

「ええか、かめきち。勉強なんかせんでもええ。いつまでも、思い出にのこるようなことを、やってみい」

そのことば、かあちゃんの前でいってほしい。


ふろからでて、ばんごはん。

体がスーッとして、きもちがいい。

けど、自分のせきにすわったとたん、いやなにおい。

なんやこれ？　どっからくるんや？　あ、アジや！

ぼくは、皿の上のアジの塩やきに、鼻を近づけた。

「かあちゃん、このアジ、ちょっとくさいで」

「三尾で、百円や。くさくてあたりまえ」

かあちゃんは、ぜんぜん平気。

「レモンかけて食べ」

ぼくととうちゃんは、レモンをいっぱいしぼった。

こいちゃんも、レモンを取ろうとすると、

「あっ、こいのは、だいじょうぶやで。ええの買ってきたから」

「なんでや！」

ぼくはにらんでやった。

「こいは女の子や。まだ一年生やし。かめきちは三年生やろ。おちんちんもついてる」

「それやったら、おちんちんいらん。こいちゃんにやる」

「なに、アホなこというてるんや。ほら、とうちゃんを見てみぃ。だまって食べてるやろ」

「わっ、ほんまや」

もう片身を食べおわって、ひっくり返そうとしている。

けど、とうちゃんはいい。くさいのがすきなのだ。

「鼻がとりはずせたら、ええのにな」

とうちゃんがいった。

するとかあちゃん、

「そんなことできたら、かあちゃん、もっときれいな鼻つけるのに。どうしよ、なんぼでも、きれいになってしまうわ。フフフッ」

きもち悪い声でわらった。すかさずとうちゃん、

「おまえは、鼻だけではアカンやろ。ぜんぶかえんと。ついでに性格も、かえてもらえ」

「なんやて！」

とうちゃんとかあちゃんが、にらみあう。

アカン！　けんかになる！

ぼくはあわてていった。

「なあ、なんで、鼻（はな）は顔（かお）にくっついてるんやろ」

「えっ？」

よかった。ふたりとも、こっちをむいた。

「なあ、とうちゃん。なんでや？」

とうちゃんは、ちょっと考（かんが）える。ぜったい『わからない』とは、いわないタイプだ。

「そんなもんおまえ……へそについてたら、においかぐとき、いちいち服（ふく）をぬがんといかん。それではめんどうや」

そして、ニシャリとわらって、

「それにかめきち、ケツについててみ。へぇこいたとき、くさくてかなわんで。なあ、かあちゃん」

「ええかげんにしときや」

かあちゃんが、とうちゃんをにらみつけた。

「目は口ほどにものをいうか……」

とうちゃんが、ぼそっとつぶやいた。

そのときだ。

「これ、いや!」

こいちゃんがさけんだ。

そして、ひややっこの皿を、かあちゃんにつき返した。

「どないしたんや。おとうふきらいになったのか? いつも食べてるのに」

こいちゃんは、首を横にふった。

「トイレのにおいがする」

みんな、顔を見あわせた。

「へっ、トイレてか?」

かあちゃんが皿をとって、鼻を近づけた。

とうふの上には、いつものかつおぶしのかわりに、きょうは、みそがのっている。

ぼくは、おいしいと思って食べていた。

「なんでや。ゆずみその、ええかおりやないか。どこがトイレや」

「ちゃう、トイレや」

こいちゃんは、ゆずらない。

「ああ、そうか。トイレのほうこうざいや。いつも、シュッシュしてるやつのにおいが、このゆずと、おなじにおいなんや。なあ、こいちゃん」

とうちゃんは、すぐに台所へいって、新しいとうふを切ってきた。上には、かつおぶしがてんこもりだ。

「こっちがいい」

こいちゃんも、これでニコニコだ。

「そうかなぁ？」

かあちゃんは、まだ首をひねっている。

ミケが、かつおぶしにつられて、こいちゃんのひざにとびのった。おねだりだ。

やっぱり、くつ下のにおいをかいでるより、こっちのほうがねこらしい。

ミケの、ふかふかのおしりを、なでてあげた。

けど、疑問がのこった。

どうして、鼻は顔にあるのだろう。目も口も耳も鼻も、みんな顔にあつまっている。

近くの、東町通り商店街の、肉屋と魚屋と八百屋と花屋みたいに、よりそっている。

なんでやろ？

2 ポテチのふくしゅう

宿題が進まない。

こいちゃんは気楽でいい。

あさがおが、きょうはいくつさきましたって、お絵かきしてたらいい。

ぼくは、そういうわけにいかない。アタマを使わないといけない。

昼ごはんがおわってから、しんごの家に行ってみた。

あいつなら、何か考えているはず。

しんごはぼくより、ちょっとだけアタマがいい。ほんのちょこっと。くじ引きなら、七等のガムと八等のアメくらいのちがいだ。

しんごは、犬のポテチをいじめて遊んでいた。

「また、ポテチいじめてるんか」

「ちがう、実験や」

ポテチの口に輪ゴムをはめて、ポテチが前足二本でひっしにはずすのを見て、よろこんでいる。

ポテチはころがりながら、つらそうにヒンヒンないている。

「どこが実験や」

「何本まで自分ではずせるか、時間はかって、実験してるんや」

ポテチが、やっと輪ゴムをはずした。

「一分五十秒。つぎ四本や。かめきちもやってみるか」

「そんなの、かわいそうや」

けど、おもしろそう。

ぼくは、ポテチにヘッドロックをきめて、輪ゴムを四本、口にはめた。

「ポテチがんばれ」

しんごが時計をにらむ。

「しんご、もしかして、これ自由研究か」

「あたりまえや」

「こんなんしたら、こぼり先生におこられるで」

「なんでや。先生、いうてたやろ。使えるものは、なんでも使えて」

たしかにそういった。

けど、ちょっと意味がちがうような気がする。

「やっぱり、こんなん、自由研究やないで」

「どこが？」

そのとき、やっとポテチが輪ゴムをはずした。もうやめて、という目で見ている。

「つぎ、五本や」

しんごが、また輪ゴムをふやした。

ポテチの口のまわりには、輪ゴムのかたちがくっきりのこっている。前に、まゆ毛をかかれたときより、ケッサクな顔になった。

けっきょく七本目で、ポテチはギブアップした。

「部屋に行って、アイスを食べよ」

しんごは、ちらかった輪ゴムをひろった。

ちらっとポテチのほうを見ると、こわい顔でぼくをにらんでいた。

ばんごはんのとき、この話をしたら、かあちゃんがおこった。

「なんちゅう、アホなことするねん。そんなことしたら、いまは、警察につかまるねんで」

「警察？」

「そや。動物いじめたら、ろうやにほうりこまれて、死刑や」

『死刑』ときいて、ぞっとした。

あわてて、いいわけをさがした。

「しんごがやってたんや。ぼくは横で見てただけや」

「ホンマに、見てただけか」

「ホンマや」

「うそついても、わかるんやで」

「ぜったいいや」

そういったとき、げんかんのチャイムが鳴った。

げんかんをあけると、男がふたり立っていた。

「池野かめきちくんですね」

背の高いほうの男がいった。

ぼくがうなずくと、

「いっしょに、警察まできていただけますか」

ぼくのほうに、手をさしだした。

ぼくは、ちょっとあとずさりして、ふり返った。かあちゃんも、とうちゃんも、つめたい目でぼくをにらんでいる。

「ほら、みてみぃ。いわんこっちゃない。どうぞ、つれていって」

「なんでや」

ぼくはいおうとしたけど、のども口もカラカラで、声がでなかった。

ふたりの男は、ぼくを両わきからかかえると、家の前にとめてあった車におしこんだ。

ぼくは、警察署の中の、小さな部屋につれていかれた。


『取り調べ室』

テレビで見たのと、おなじだ。

「きみには、もくひするけんりがあります。いいたくなければ、話さなくてけっこう。しかし、裁判のとき、あなたにとって、不利になることがありますので……」

ぼくは、

『裁判』

ときいて、ビビッてしまった。

刑務所にいれられたら、どうしよう。

テレビはあるのだろうか？

「……被害届が、でていましてね。東町三丁目の犬山ポテチさん。もちろん、ごぞんじですよね。かめきちさん」

「ポ、ポ、ポテチ……犬やないか」

「そうです。犬の、ポテチさんです。あなた、犬をあまく見てはいけませんよ」

刑事さんが紙をだして、読む。

わたしの名前は、犬山ポテチです。本日、七月二十九日、午後一時四十分ごろ、昼ねをしていたわたしは、とつぜん、頭の悪そうな子どもに、首をしめられ、口に輪ゴムをはめられました。

その後、三十分にわたって、このいじめがつづきました。

どうか、この子どもをつかまえて、重いばつをあたえてください。

犬山ポテチ

刑事さんは、その紙と、一まいの写真をぼくの前においた。

「まちがい、ありませんね」

まぎれもなく、ポテチの写真。口のまわりには、くっきり輪ゴムのあと。

おまけに、紙のさいごには、ポテチの手がたまでおしてあった。

こうさんするしかない。

ぼくはいろいろきかれたあと、ろうやにいれられてしまった。いっしょにいじめてたしんごのことは、だれも何もいわない。

ぼくひとりが悪者になってる。ぼくはひとりさびしく、ろうやでねむった。

朝になって、家族が面会にきた。

「かめきち、ちゃんと罪をみとめて、つぐなわなアカンで」

かあちゃんが強い声でいった。

でも、とうちゃんは、

「かめきち、がんばれ。野球は、ツー・アウトからや」

へんなことをいっている。

こいちゃんが、なんかくれた。

「おにいちゃん、おまもり」

おり紙で作ってある。

「ありがとう」

こいちゃんの顔は、まともに見られなかった。きっと、けいべつされてる。

昼から、裁判があった。

ぼくは、

『三日間、犬の刑』


になってしまった。

三日のあいだ、犬になるのだ。

こわい顔をした男たちが、犬のぬいぐるみみたいなものを、ぼくに着せた。
それも、花がらもようの犬だ。
（こんな犬、いやや！）
そうどなったつもりが、
「ワワン、キャイーン」
としかいえない。
しゃべれないのだ。
（くそ！　にげるんや）
ところが、立ちあがろうとしても、二本足で立てなかった。
オロオロしているうちに、首輪とくさりをつけられてしまった。
（えらいことに、なってしもた）
「それでは、行きましょうか」
ぼくは、車に乗せられた。車は、少し走ると、どこかの家の前でとまった。
おろされてみると、目の前にお寺の門。
（いやな予感。まさかここは……）

石だたみのむこうから、女の子が歩いてきた。

「それじゃ、この犬、三日のあいだ、おねがいしますね」

こわい顔の男が、女の子にくさりをわたす。

「はい、だいじにします」

（やっぱり、こいつや）

宮間ひとみ。ぼくらのクラスで、ぼうりょく女といわれている。寺のむすめのくせに、すぐ力にうったえる。体もでかい。

そのうえ、頭もいいから、ぼくやしんごでは、歯が立たない。

ひとみは、いやがるぼくを引っぱった。

「おかあちゃん。きのういうてた、刑務所犬がきたよ」

「ひゃっ、ひゃっ、なんやこれ。花がらもようの犬やなんて、はじめて見たわ。けど、そんなに悪そうな顔はしてないな」

「うん。どっちかいうたら、アホっぽい」

「あの子ににてるな。ひとみのクラスの、でぶがめくん」

「ちがう、どんがめや」

「そうそう、どんがめ、どんがめくん」

「どっちにしても、マヌケな顔や。キャハ」

くそっ！　ふたりでもりあがってる。

（おれは、かめきちや。どんがめやない）

ぼくは、思いきりさけんだ。

けど、でてきたのはやっぱり、

「ワン、ワ、ワン」

だ。

「そうか、さんぽに行きたいって、いうてるんやろ」

ひとみは、首のくさりを引っぱって、自転車にとびのった。

「はよ走りや」

ひとみは通りへでると、楽しそうにペダルをふんで、ぐいぐいくさりを引っぱった。

むちゃくちゃスピードをあげる。

首輪がしまって苦しい。

（またんか、くそっ。動物をいじめたら、アカンやろ！）

ぼくはいったけど、

「キャン、キャン、ワイーン」

しか、いえない。

「なんや、根性なし」

ひとみが、またスピードをあげた。

（なんちゅうやつや、このくそったれが。そうや、くそたれたろ。犬やもん、平気や）

ぼくは、ぜんぶの足をふんばって、自転車をとめた。

ウンチをすると、ひとみがスコップとふくろをもって、自転車からおりてきた。

（さあ、しまつしてや、ご主人さま）

――バチコーン――

（な、なにするんや）

ひとみは、いきなりぼくの頭をなぐった。しかもスコップで。

「こら、むだなウンチするな」

ひとみがどなる。

やっぱり、おそろしい女や。

ぼくはしっぽをまるめて、地面にはいつくばった。

「ほら、行くで」

ぼくは、ひっしに走った。

自転車は、川の土手までできて、やっととまった。

そのときだ。むこうから、女の子が、自転車に乗って走ってきた。まっ黒な犬をつれている。

こっちを見て、女の子が手をふった。

けいこちゃんだ。ぼくの大すきな、石垣けいこちゃん。

でも、犬なんか、かってたやろか。

(あっ、しんごや)

黒犬のしんごが、ぼくを見てわらった。しんごも犬にされてしまったのだ。

けいこちゃんが、自転車をとめて、おりてきた。

「ひとみちゃん。自由研究、なんかいいのあった?」

ふたりは、草の上にすわった。

「ゆでたまごはどう? ゆでる時間をかえて観察するの。三分、五分、八分って。あと、たまごを酢につけると、からだけとけるねんて。おもしろそうやろ。けいこは？」

「うん。いろんなもんの、しるを調べるのはどうやろ。あさがおの花や、なすびや、ブドウの皮のしるを、酢や石けん水につけて、色の変化を見るんや」

やっぱり女の子はちがう。まじめに考えている。しんごとは大ちがいだ。

（こら、しんご。おまえのせいやぞ。だいたい、おかしいやないか。なんでおまえが、まっ黒なドーベルマンで、おれが花がら犬なんや）

（そんなん、知るか。でもかめきち、おまえは、犬になっても、デブやな）

（ほっとけ。おれはな、えらい目におうてるんや）

（おまえはまだ、修業がたりん。むかしからいうやろ。わかいうちの苦労は、買ってでもしろって）

（いらん。ほしかったら、なんぼでも売ってやる）

そのときだ。

「あんたら、キャンキャン、ワンワン、うるさいで」

ひとみがどなった。

ぼくもしんごも、ちぢみあがった。

けいこちゃんとひとみは、あしたあうやくそくをすると、手をふってわかれた。

また、走らなアカン。

ふりむくと、しんごは、楽しそうに走っている。しっぽまでふって。

「ほら、ぼーっとするな」

ひとみが、またこわい顔でにらんだ。

3　とうちゃん　だまってしもた

三日間がすぎて、やっと家にもどしてもらった。

さあ、夏休みのやりなおしだ。

けど、なんかまだ、しっぽがついているような気がする。

「ええか、かめきち。もう二度と、犬をいじめたらアカンで」

かあちゃん、まだ声がおこってる。

「どや、ひと皮むけて、おとなになったんとちがうか。このばあい、ひと犬むけたっていうべきかな」

とうちゃんは、あいかわらずアホなことをいって、わらってる。

ムシや、ムシ。

ひさしぶりに自分の部屋で昼ねができると思ったら、しんごがやってきた。

「おもろかったな、かめきち」

しんごは、ぜんぜんこりてない。

「そーや、おもろかった、おもろかった」

ぼくは、ヤケクソでいった。

「それで、なにしにきたんや。つぎは、なにいじめるねん」

「ちがうて。いっしょに自由研究しよう思って、きたんや」

ぼくはだまっていた。

こいつといると、ろくなことがない。

「この前、けいことひとみがいうてたやろ、自由研究。あのふたり、けっきょくたまごのほう、することになったんや。そやから、しるのほうの実験、おれたちでもらお」

ぼくは、ちょっとだけ感心してしまった。

さすがしんご。ころんでも、ただではおきない。

「けど、やりかたわかるのか？」

「だいじょうぶ。ちゃんと、やりかた書いたノート、かりてきたで」

「そんなもんかりたら、またあいつらに、バカにされるで」

「だいじょうぶ。だまってかりてきた」

やっぱりや。

自由研究の実験は、花やくだもののしるを、お酢や石けん水につけて、色の変化を見る。

材料をそろえるため、かあちゃんにいって、お金をもらった。

「ヘェー。ちょっとは、まともなことも考えるんやな」

三千円もくれた。

いつもこれくらい、気前がいいとうれしい。いいおこないは、つづけないと意味がないって、こぼり先生もいっていた。

東町通り商店街は、すぐ近くだ。しんごと歩いていくことにした。

商店街の入り口には、定食屋さんがある。

まっすぐ行って、つきあたりの薬局を右にまがると、肉屋、魚屋、八百屋、花屋のじゅんにならんでいる。

歩いているうち、ふと、この前のことを思いだした。

「しんご。なんで鼻は顔にくっついてるか、わかるか?」

ぼくはきいてみた。

しんごは、へんな顔でぼくを見たまま、だまってる。

「あのな。なんで、口も耳も鼻も、顔にあるんやろ？」

しんごが立ちどまった。

「おまえ、アタマにウニわいてんのとちがうか？」

「うに？」

「のうみそが、ウニウニしてるんやろ。そんなしょーもないこと考えてたら、アカンで」

「そうかなぁ」

ばかにされたみたいで、ちょっとはらが立った。

「そしたらな……」

しんごがいう。

「……なんで、八百屋で魚を売ってないかわかるか？」

「えっ？　なんで、いわれても……」

「それとおなじこっちゃ」

ぼくらは八百屋で、リンゴ、ブドウ、なすびやきゅうりを買った。

家にもどって、まず皮をむく。ガーゼを切って、やさいや、くだものの皮のほうのしるをすりこんだ。

しんごは、もってきたカメラで写真をとった。

酢と、石けん水を用意して、実験開始だ。

「そや、あさがおさいてたな。ちょっともらっていいやろ」

しんごが外にでていった。

もどってきたしんごの手を見て、

「わっ！　なにするねん」

あさがおの花を、両手いっぱいにもっている。

「それ、こいちゃんのやで。なんで、そんなにいるんや」

「多いほうが、写真をとったとき、きれいやろ。それにまださいてる。心配すな」

ほんまやろか。

でも、こいちゃんの性格なら、わけを話せば、だいじょうぶやろ。

気をとりなおして、実験開始だ。

ブドウは、石けん水につけたら、青っぽくなった。なすびやあさがおも色が変わった。

酢につけるとピンク色。

　おもろい、おもろい。

　ひとつひとつ、結果をメモする。

　でも、そこで、疑問がわいた。

「これ、実験するのはいいけど、なんでこんなふうに、色がかわるんやろ」

「えっ？　なんで、いわれてもなぁ」

　しんごもわからない。けいこちゃんのノートを見ても、どこにもそれは書かれていない。

「そこまで考えんかて、ええやろ。子どもやねんから」

　しんごは、めんどうくさそうにいった。

「けど、なんか理由を書かんと、アカンやろ。自分で考えることがだいじやて、こぼり先生もいうてた」

「そんなら……運命や、こいつらの」

「運命て」

「そうや。そういう、運命なんや。ほかにあるか」

ぎゃくにきかれてもこまる。わかるはずがない。

ぼくはしかたなく、

　『理由＝そういう、運命なんや』

と、書いた。

けど、先生は、これでなっとくしてくれるだろうか。

「つぎ、ももいこか」

しんごがいったとき、げんかんのほうが、さわがしくなった。

「おかあちゃーん」

こいちゃんがよんでる。

ろうかを走る足音。

げんかんがあいたりしまったり、いそがしい。そして、またろうかを走る足音。

「こら、かめきち！」

かあちゃんの声と、ドアがあいたのとが、同時だった。

「かめきち、あんた、こいのあさがおに、なにしたんや」

両足に、気合がはいっている。

「ちょ、ちょっと、もろただけや」

「なにがちょっとや。せっかくこいが、友だちつれてきたのに、なんちゅう、ひどいことするんや。それでもにいちゃんか。ちょっと、こっちへきてみぃ」

ぼくは、かあちゃんに引きずられて、外へでた。

「ほら、見てみ」

「あ、ほんまや」

こいちゃんのあさがお、もう二こしか、花がのこってない。

「どないするんや。ちゃんと責任とりや。ほんま、かあちゃんなさけないわ」

とにかく、こいちゃんにあやまろうと、ぼくは家の中にはいった。

しんごは、いつのまにか帰っていた。

まあ、なんとかなるやろ。

こいちゃんの部屋をノックしてみた。

へんじがない。

「あけるで」

中にはいると、こいちゃんは、タオルケットを頭からかぶって、ベッドでまるまっていた。

「こいちゃん、ごめんな。実験で……」

「こんといて！」

アカン。本気でおこっている。

「にいちゃんな、夏休みの……」

「こんといて！　こんといて！　こんといてって！」

アカン。三連発や。

なだめるのは、むりみたいだ。

ぼくはあとずさりして、ドアをそっとしめた。


夜、ごはんを食べるつもりで、台所へ行くと、

「かめきちは、ごはんぬきやからな」

かあちゃんのいかりがとんできた。

「部屋できっちり反省しとり」

サイアクだ。

こいちゃんも、じろっとにらんできた。うしろを通るとき、

「どんがめ」

ぼそっと、いった。

おこってもしかたないから、部屋にもどって、昼間の実験をノートにまとめた。写真をはるスペースとかも、考えないといけない。

八時をすぎて、もうれつにおなかがすいてきた。いつもなら、こいちゃんがおかしをそっともってきてくれるけど、きょうは、おこっているのがこいちゃん自身だ。

げんかんがあいた。

とうちゃんが帰ってきたみたい。

すぐに、かあちゃんといい合いになった。

「メシぐらい食わしたれや」

とうちゃんの声がひびく。

がんばれ、とうちゃん。

「あんたは、あますぎるんや。あんなことでは、まともなおとなにならんで」

かあちゃんのほうが、声がデカイ。

「そやから、それとこれとは、話がちがうやろ」

そうや。とうちゃん、もっというたれ。

「なにが、どうちがうんや。悪いことして、バツをあたえるのが、どう悪いのや」

「そやから……」

「そんなにかめきちのカタもつのなら、あんたもごはん食べんでもええ」

「いや……」

「なんや、まだいうことあるんか」

「……」

あれっ？

とうちゃん、もうだまってしまった。

がんばれ、とうちゃん。

どうした、とうちゃん。

げんかんのあく音がした。

だれかでていった。

とうちゃんにきまっている。けんかしてでていくのは、いつもとうちゃんだ。

少し して、とうちゃんが帰ってきた。

すぐに、ぼくの部屋のドアがあいた。

とうちゃんが、コンビニぶくろをもって、はいってきた。

「かめきち、メシくお」

さすがとうちゃん。

ふくろから、やきそばや、おにぎりや、からあげがでてきた。おかしもある。

「かんぱいしょうか」

とうちゃんはビール。ぼくはジュース。

「かんぱーい」

「なんか、キャンプにきたみたいやな、とうちゃん」

「ほな、もうちょっと、暗くしょうか」

「うん」

ふたりで、かあちゃんの悪口をいっぱいいった。

だんだん楽しくなってきた。

よっぱらってくると、とうちゃんのじまん話が、またはじまった。四国一周の話だ。

「高知の海はええぞ。海の色がちがうんや。この海のむこうが、アメリカやと思うと、みぶるいしたな」

でも、とうちゃんはお酒に弱いから、ビールを二本のむと、すぐに横になってしまった。

「な、かめたん。思い出は、一生のたからもの……」

なんか、ぶつぶついいながら、ねてしまった。

ぼくも、おなかがいっぱいになったし、ノートのつづきはあしたにして、ねむることにした。

とうちゃんのいびき、ちょっとうるさいけど、ひさしぶりにそばできいて、ウレシイ気分になった。

4 女はわからん

つぎの日、昼前にしんごがやってきた。きのうのことがあるから、しばらくウチには近づかないかと思っていたら、ちがった。

ぼくがでていくと、いきなり、

「おばちゃん、よんでくれ」

と、いった。

かあちゃんをよぶと、

「おばちゃん、きのうごめんな。おわびにこれ、こいちゃんに買ってきた」

しんごのやつ、ふくろをかあちゃんにわたした。中から、ひまわりの花のついた、ビーチ・サンダルがでてきた。すいかのビーチ・ボールもはいっている。

かあちゃんのこわい顔が、きゅうに、へろーんってなった。

「ありがとう、しんごくん。おこづかいで買ったんか。そうか、ちょっとまっててね。こいちゃん、よんでくるから」

こいちゃんも、新しいサンダルもらって、ニコニコだ。さっそく、ビーチ・ボールをふくらませた。中のすずが、チロチロなってすずしそうだ。

「おかあちゃん、きょう、プールにもっていってもええか？」

「ええで、ええで」

ぼくはそのあいだ、ただぼーっと立って、見ているしかなかった。

「かめきち。おまえもちょっとは、見ならったらどうや」

こいちゃんも、ちらっとぼくを見た。目がまだおこってる。立場あらへん。

しんごとぼくは、部屋で自由研究のノートを完成させた。かあちゃんは、だいじなお客さんがきたときみたいに、ブドウやクッキーを、おぼんにのせてもってきた。

サンダルとビーチ・ボールで、すごいききめだ。

「おまえとこにきて、こんなあつかいされたの、はじめてや」

しんごはブドウを、ばくばく食べた。

「あたりまえや。おれかて、こんなことされたことない。そやけど、しんご、おまえなんであんなこと、できるねん」

しんごはちょっと首をかしげた。

「とうちゃんを見て、育ってるからやろ。かあちゃんとけんかすると、すぐに物を買ってキゲンとる。女は物に弱いねんて」

うちのとうちゃんなら、ぜったいそんなことしない。てっていてきに、たたかう。すぐに負けるけど。

「しんごのとうちゃん、やさしいんや」

「ちゃう。勝ち目ないから、そうするんや。だいたい、けんかの原因は、いつもとうちゃんのうわきや。四日ぐらい学校やすむことがあるやろ。かあちゃんと、愛媛の家に帰ってるんや」

そういえばしんご、いきなり学校を休むことがある。あとできくと、「かあちゃんといなかに帰ってた」というし、へんなときに帰るなあと思ってた。

でも、このアイデアは使える。

もらいや。

ぼくは、しんごが帰ってから、自転車をかっとばして、ちょっとはなれたスーパーへ行った。

スーパーといっても、三階だての大きなスーパーだ。一階に食品と花、二階に服や食器、三階には、おもちゃ売り場やスポーツ売り場がある。

エスカレーターで、おしりのポケットの、さいふを確認した。

二千円はいってる。

自分がもらうときのことは考えるけど、ひとにプレゼントすることを考えるのは、はじめてだ。

おもちゃ売り場をぐるぐるまわったけど、つい自分がほしい物に目がいく。

こいちゃんのために使うのが、もったいない。

どうしよう、と思っていたら、

「かめきちくーん」

せなかで声がした。

見なくてもわかる。この声のもちぬしは、世界でただひとり、石垣けいこちゃんだ。

けいこちゃんは、家族できていた。

みんな、ふだんでも、よそ行きみたいな服を着ている。おにいさんなんか、ざっしのモデルみたいだ。家はお医者さんで、お金もち。

「なに買いにきたの？」

けいこちゃんが近よってきた。なんでこんなに、かわいいんやろ。

「ああ、そ、その」

うまくしゃべれない。

けいこちゃんの前だと、頭の中、夏のチョコレートみたいに、とろとろになってしまう。

「プ、プレゼントや、こいちゃんに」

「こいちゃん、たんじょうび？」

「ちゃう。こいちゃんの育てたあさがおが、かれてしもて、がっかりしてるから、元気つけたろ思って」

ちょっとだけ、うそをついた。

「すごーい。やさしいねんな、かめきちくんって」

へへっ。『やさしい』だなんて、めちゃくちゃ、うれしくなってしまう。いまのことばは、ろく音して、何回もききたい気分だ。

「で、なにを買ってあげるんや」

けいこちゃんのおとうさんがいった。あたたかそうな笑顔。

ぼくは、めちゃくちゃきんちょうした。けいこちゃんのおとうさんということは、しょうらい、ぼくのおとうさんになるかもしれない。

えらいことや。

「どうした？　だいじょうぶか、かめきちくん。なんやポーッとしてるで」

けいこちゃんのおかあさんがいった。

「学校でも、いつもこんなんや。な、かめきちくん」

「こらアカンわ。しっかりしてや」

夢がはじけてとんだ。

けいこちゃんのおかあさんが、ぼくのせなかをたたいた。みんな、おおわらい。

しかたない。ぼくもいっしょに、おおわらいしてやった。

「あさがおがかれたんなら、べつの花を買ってあげたら？　わたし、えらんであげる」

また、うれしくなってしまった。

『わたし、えらんであげる』だなんて、おとなみたいないいかたする。

一階の花屋にはいった。あんまり花がない。

「夏やから、やっぱり少ないわ」

けいこちゃんも、ちょっとこまった顔。

「けいこちゃん、どんな花がすきなんや?」

ぼくは、そっちのほうが気になって、きいてみた。

「えっ、買ってくれるの?」

「あっ……うん」

けいこちゃんはスタスタ歩いて、大きな花の前でとまった。

「わたし、これがすき」

ハデっぽい花の前に、『こちょうらん』と書いたふだがさしてある。

「げっ!　一万二千円。な、なにもんや、こいつ」

「ほんまに買ってくれるの?」

けいこちゃんが、にこやかにわらってる。

「じょうだんや、そんなん」

花屋が、こんなにオソロシイとは、知らなかった。

「かめきちくん、こっちはどうや」

けいこちゃんのおかあさんが、おいでおいでをしている。ぼくは、おそるおそる近づいた。

「これ、花がかわいいやろ。においも、せいけつかんのある、いいにおいや」

ヒヤシンスを、小さくしたような花だ。ぼくは顔を近づけた。もちろん、ねだんを見るために。

『ブルーサルビア　百二十円』

ほんまか。

何回も、ねだんを確認した。

これに決定だ。


ブルーサルビアのはちをもって家に帰ると、ちょうどこいちゃんも、プールからもどったところだった。

こいちゃんの部屋にいって、花を見せた。

「これ、こいちゃんに買ってきたで」

はちを、まどべのつきでた場所に、おいてあげた。

こいちゃんは、目をキラキラさせて花を見る。やっぱり女の子だ。うすむらさきのちっちゃい花も、見られてしあわせそうだ。ぽわぽわ、わらってる。

こいちゃんが顔を近づける。

「ごめんな、あさがお」

「うん。おにいちゃん、ありがとう」

こいちゃんは、かわるがわる、見たり、においをかいだりしている。

そのとき、ぼくにはわかった。

なんで、目も鼻も、顔にあるのか。

きれいな花を見ながら、いいにおいをかぐためだ。

それに、目も口も、顔にあったほうがいい。ちゃんと目を見て、「ありがとう」っていわれると、すごくうれしい。

これが、声だけ、せなかからきこえてきたら、うれしさも半分になる。

もちろん、おこられるときも、目を見ておこられると、それだけこわい。

こいちゃんのきげんもなおったし、いろんなことが、一度にかいけつした。

自由研究も完成したたし、なんか、ええかんじの夏休みになりそうや。

夜、とうちゃんとふろにはいった。とうちゃんがせなかをあらうのを、ゆぶねのなかから見ていた。

「なあ、とうちゃん。花って、なんであんなに高いんや。『らん』ちゅう花なんて、一万円もするねんで」

「アホ。おまえそれはな、安かったら、プレゼントしても、女の人がよろこばんやろ。そやから、わざと高いんや。服かて、バッグかて。わしなんか、九十八円のビールで、まんぞくしてるのに。はよふろでて、いっぱいのも」

おとなになるのが、こわくなってきた。

けいこちゃんをよろこばせるのに、花だけで、一年ぶんのおこづかいがなくなってしまう。

「女はわからん」

とうちゃんが、シャワーで体を流しながらいった。

その意見には、ぼくも大さんせいだ。

5　ほんまにこまった

八月三十一日。

「あっ、どんがめ、元気やった？」

商店街で買い物をしていたら、いきなり声をかけられた。

宮間ひとみが、自転車にまたがって、ニヤニヤわらっていた。

「あしたから学校や。楽しみやな」

「おまえにいわれると、ぜんぜん楽しない」

「うれしいわ、ありがとう」

「なんでおまえ、こんなとこにおるねん。西町のスーパーのほうが、近いやろ」

いやみのつもりでいっても、ひとみには通じない。

「そこの肉屋さんのコロッケ、ひょうばんやろ。お使いたのまれたんや。どんがめは、またカレーか」

「なんや、なにが、『またカレーか』や」

「あんたとこのカレー、お肉のかわりに、コンニャクいれるんやてなぁ。お肉はもったいない、いうて」

「うるさい。コンニャクカレーは、おいしいんや。体にも、ええ。けど、なんで知ってるんや？」

「こいちゃんにおしえてもらった」

そうか。ぼくは思いだした。

「おまえか、こいちゃんに『どんがめ』って、おしえたのは！」

「そうや。それより、どんがめ、自由研究できたんか」

ひとみがいった。その目は、ばかにしたようにわらっている。

「あたりまえや。しつれいな」

「へっ、なにしたん？　わたし、けいこちゃんと、ふたつもやったんやで」

「ふたつ？」

「うん。おしえてほしい？　あのな、ひとつはたまごの実験。もうひとつは、花やくだもののしるの実験」

「なんやて！」

おもわず大きな声をあげてしまった。まわりのおばちゃんが、こっちを見てる。

「どうしたん？」

ひとみは、きょとんとしてる。

「あの……その……しるの実験て……どんなんや」

心ぞうがドキドキしてきた。

「あのな、花やくだもののしるをな、ガーゼにしみこませてやな、お酢や石けん水につけるんや。すると、これがやな……」

ひとみは、とくいそうに、ベラベラしゃべった。

「ああ……そうなんや……なるほど……」

あいづちをうちながら、きもちはめちゃくちゃあせってきた。

（はよ、しんごに知らせな）

ぼくはいそいで帰ると、しんごの家に自転車を走らせた。

赤信号が、きょうはやけに長い。

郵便局の前で、こいちゃんのクラスの、れいこ先生にあった。

「どこ行くの、そんなに急いで」

「あ……い、いそがしいんや、小学生は」

顔じゅうから、あせがふきだしている。

やっと家につくと、しんごは、部屋でのんきにマンガを読んでいた。クーラーが、ガンガンにきいている。

「しんご、あいつら、きっちりや」

「はっ？」

しんごは、あおむけになってぼくを見た。

「そやから、ふたつとも、やったんや……」

「ちょっとまて、ジュースもってくるわ。カメは、のどかわくと、のうみそまで、つまるみたいいや」

オレンジジュースをのんで、やっとおちついた。

ぼくは、いまひとみとしゃべったことを、ゆっくり説明した。

「どうするねん。このまま知らんぷりして、だしてしまうか？」

「かめきち、どう思う？」

「アカン思うわ。あいつら、ふたつも実験してる。こっちはその半分や。きっとなかみかて、むこうのほうがええやろ」

「そやな、おれとおまえやもん」

わらえないじょうだんや。

しんごはベッドをおりて、まどをあけた。外のなまぬるい風がはいってきた。

「ちょっと、こまったな」

しんごは遠くのほうを見て、のんびりといった。

「ちょっとやないで。あしたまでにどうするんや。もう四時半やで」

しんごは、それには答えずに、ちがうことをいいだした。

「とうちゃんがな、ホンマにこまったときには、まどあけて、ゆっくり深呼吸でもして、『ちょっとこまったな』て、口にだしていうといいって。イライラしても、いいアイデアうかばんっていってた」

しんごのとうちゃんは、えらいことをいう。うちのとうちゃんならきっと、

「かめきち。こまったときはな、死んだふりするのが、いちばんええ」

そういうにきまってる。しかも、ほんとうに白目むいて、死んだまねする。

　ぼくもしんごのように、

「ちょっとこまったな」

　と、ゆっくりいってみた。

　でも、きょうはじめてやっても、いいアイデアはでない。やっぱり、むちゃくちゃこまってる。

　それどころか、

『あんたら、このアイデア。わたしらのをぬすんだやろ』

　ひとみにつめよられる、ぼくらのすがたがうかんでくる。

「よっしゃ。しゃあない。もう一回、実験するか」

　しんごがきっぱりいった。

「けど、時間ないで」

「なんとかなる。ばんごはん食べて、七時に集合や。とまる用意してきてや」

「なにするんや」

「あとのおたのしみや」

ばんごはんを食べてから、しんごの家に行った。とうちゃんに、車で送ってもらった。

あしたの朝は、しんごの家から登校だ。

ちょっとワクワクしながら、しんごの部屋にはいった。いったいなにを考えたんやろ。

「あれ？」

しんごは、またマンガを読んでいた。部屋のなかを見まわしたけど、なにもかわったようすがない。

「実験て、なにするんや」

しんごは顔だけこっちへむけた。

「八月三十一日の夜からはじめて、自由研究ができるかどうかの、実験や。どや、おもろいやろ」

「そんなん、実験になるやろか」

「りっぱな実験や。かめきちは記録係。そのノートに、かんさつ日記みたいに、書いていって」

ぼくは、つくえの上の新しいノートをひらいた。それから、なるべくきれいな字で、

『自由研究
　八月三十一日の夜からはじめて
　　自由研究ができるかどうか』
と書いた。

八月三十一日　夜

七時十五分

しんご、マンガを読むのをやめて、ベッドからおりた。
「まず、気分てんかんや」いうて、ふたりでふろにはいった。

七時四十分

しんごのかあちゃんが「カラオケ行こか」と、いいだした。ビールのんで、ええ気分になってる。
「宿題まだや」いうても、「そんなんあとでいいやろ」いうて、さっさと、きがえだした。

八時三十分

カラオケから帰ってきた。

しんごがパジャマにきがえた。

「人間、サイアクのときのことを考えなアカン。これなら、いつねてしもても、だいじょうぶや」と、いう。

なにが、だいじょうぶなんかわからん。

けど、ぼくも、パジャマをきる。

八時四十分
発見。
パジャマをきると、なぜか、ふとんにはいりたくなる。
しんごとふたり、ベッドにもぐって、考えることにする。
また、発見。
ベッドにはいると、なんでか、ねむくなる。
なんか、やばい。

「あんたら、ねるならねるで、電気けしといてや」

「わっ！」

しんごのかあちゃんにおこされて、びっくり。時計を見て、またまたびっくり。

十時五十分。

いつのまにか、ねむっていた。

ぼくとしんごは、いちおうおきて、顔をあらった。

「やばかったな」

ぼくがいうと、しんごは目をとろんとさせて、

「もう、あきらめて、ねよか」

といいだした。

「あきらめるてか……」

それは、それでいいのやけど、なぜか「うん」とはいえなかった。

「もうちょっと、ねばろや」

ぼくはいった。自分のどこかで、なっとくできないものがあった。

「けど、おれらぐらいやで。いまごろ、こんなことしてんの」

そのとき、ぼくはひらめいた。

「そや！　いま、みんながなにしてるか、調べてみよか。とつげき電話アンケートや」

しんごが時計をゆびさした。

「おもろいけど、きけんやで」

「わかってる」


そのあとふたりで、電話をしまくった。

「こんばんは。こちら、二学期直前、とつげき電話アンケートです」

「どアホ！　いま何時や思ってるんや！」

「こら、おまえの親をだせ！」

「学校にいいますからね。そのつもりで！」

なかなか、本人とは話ができなかった。

けっか、クラス二十八人のうち、十五人はもうねていた。

三人は、こちらがしゃべりだすなり、電話をきられてしまった。

ひとり、ばんごはんを食べていた。理由をきいても、「はらへったから」としか、いわない。

なんか、あやしい。

もっとあやしいのが、「いいたくない」と、答えたやつ。

バクダンでもつくってるんやろか。

けいこちゃんは、もちろんもうねていた。ねぶそくは、おはだの敵。美しさに、だきょうはゆるされない。

宮間ひとみと、中島すぐるは、こんな時間に勉強していた。いまは、二十四時間、質問や疑問に答えてくれる、そういうパソコンのネットワークがあるらしい。ぼくにしてみれば、なぜ、そこまでするのか、そっちのほうが疑問だ。

やっと、みんなへの電話がおわった。

これで、気分はすっきり。

問題は、こぼり先生がどうでるかだ。

あの先生なら、やりなおしも、いいだしかねない。

けど、そんなことを、いま考えてみてもしかたない。

こういうときは、ねるのがいちばん。

時計の音が、ねむりをさそった。

こっち、こっちと。

6 説教なんて　だいきらい

つぎの日、始業式がおわって、みんなが帰ったあと、ぼくとしんごは、こぼり先生によびだされた。

「青空ルームでまっていろ」

名前はいいけど、『青空ルーム』は、つまりは説教部屋。説教がおわって部屋をでるとき、心が青空のようにすみわたるという意味で、この名前がつけられた。

名前をつけた人はきっと、この部屋にはいったこともないと、ぼくは思う。

部屋には、長いつくえとパイプいすしかなかった。カーテンは、あいていたことがない。日にやけて、きいろい。

「やっぱり、アカンかったな」

しんごは、ちょっとふさいでる。

ぺったぺった、スリッパの音がして、がらっとドアがあいた。

そしていきなり、

「アホか、おまえら！」

先生がどなった。

「きのうの夜、おれのところに苦情の電話がどれだけあったかわかるか。夜中の十一時に電話しまくるなんて、ちょっとは、常識を考えたらどないや」

先生は、一気にそれだけいうと、やっとおちついてぼくらの前にすわった。

「え、どないやねん。しんご」

先生がいったけど、しんごは答えない。

こういうときのしんごは、けっこういかっている。けど、自分が悪いのもわかってるから、なにもいわない。

「かめきち。なんか、いうことあるやろ」

ぼくは、ちらっと先生の目を見て、

「けど、使えるもんは、なんでも使えっていうた……」

ぼそぼそいうと、

「あのなあ、かめきち。それとこれとは、ちがうやろ」

先生はすぐに反撃してくる。

「でも先生、自分たちで、とことん考えろっていうたし……」

と、ぼくがいっても、

「あのな、おれがいうてるのは、夜中に電話したことや」

と、あくまで電話にこだわる。だから、

「けど、手紙かいてるひま、なかったんやもん」

ぼくは、ちょっとうけるかなと思って、いってみた。

「か・め・き・ち！」

先生はひくい声でおどしてきた。

「とにかく、夜の九時をすぎて、むやみやたらに電話をするな。わかったな」

「はい」

ぼくらは、しぶしぶへんじをした。

「それからや……」

先生がいった。

（やっぱりきたか）

ぼくはしんごを見た。

しんごもぼくを見ていた。

（やりなおしか。まいったな）

しんごの目がそういっていた。

「ちゃんと、おれの目を見ろ。ええか、おまえらの自由研究、よかったぞ。おまえらにしか、できんことや。それじゃ、解散」

こぼり先生は、立ちあがると、すたすたドアにむかった。

そして、きゅうにふりむくと、

「そうや、『とつげき電話アンケート』。ひとりわすれてたで」

と、いった。

「えっ、だれやろ？」

「おれやオレ。おれもクラスの一員やから、わすれるな」

そういうと、こぼり先生は、

「だはは っ」

と、わらいながらでていった。

たまには、『青空ルーム』も、いいことがあるみたい。

ぼくとしんごは、えがおでほくほくしながら、学校をでた。

そのときだ。

「おそかったね」

「また先生に、おこられてたんか？」

けいこちゃんとひとみが、校門のわきからあらわれた。

「ちゃう。ほめられてたんや。おまえらのほうこそ、もう帰ったのと、ちがったんか」

「あのな……」

けいこちゃんが、一歩前にでた。

「夏休み、ハワイに行ってたんや。それで、おみやげ買ってきたから、わたそうと思って、まってたんや」

クラスの中で、いちばんきれいに、日やけしていた。さしだされたつつみを、ぼくが、ありがたくうけとろうとすると、

「おれ、いらん」

しんごがいった。

「えっ？　どうしてやのん？　せっかく買ってきたのに。カメハメハ大王のTシャツやで」

「そうや、しんご。ハメカメハメ大王や」

ぼくはあわてて、つつみをもらった。

「けいこちゃん、しんぱいいらん。しんご、てれてるんや。なっ！」

ぼくが、しんごのかたをだくと、

「アホやな、おまえ」

しんごが、小さくいった。

「じゃ、中に、手紙もはいってるから」

けいこちゃんとひとみは、秋風のように、さわやかに立ちさった。

「かめきち。おまえ、魚やったら、いっぺんに、つられてるな」

「なんでや？」

「もう、きょねんのこと、わすれたんか。今月の十九日は、なんやった？」

「あっ　けいこちゃんの……」

ぼくは、つつみをあけた。中から、カメハメハ大王をプリントしたTシャツと、一まいのびんせん。

『九月十九日。

たん生パーティーをします。

ぜひきてください。

プレゼント　楽しみにしてまーす。　けいこ』

「あいつ、自分が、ちやほやされたいだけやねん」

しんごはつつみをあけようともしない。

「もしかして、しんご、けいこちゃんのこときらいなんか？」

「どっちかいうたらな」

「やったぁ、これで、けいこちゃんのハートは、ぼくのもんや」

「はぁ？　なんでや」

「だって、二ひく一は、一やろ。ライバル消滅や。カンペキ」

「かめきち……おまえって、しあわせなやつやな」

しんごは、ばかにしたようにいうと、スタスタ歩いていった。

ぼくは、しんごのせなかにむかって、いってやった。

「そうや。ぼくは、日本一しあわせな小学生に、なってやるんや」

カラスがひと声、「カァ」とないて、こたえてくれた。

ばんごはんのとき、かあちゃんに、ちょっとだけ、おこられた。

「あんまり、ひとさわがせなこと、せんといてや」

とうちゃんは、

「けど、ようそんな自由研究考えたな。さすがとうちゃんの子どもや」

と、うれしそうだ。

そして、ごはんがおわると、

「とうちゃんは、六年生のときな……」

また、あのじまん話がはじまった。

ビールかた手にごきげんだ。

「な、かめきち。なんでもええけど、いつまでも、思い出にのこるようなことを、やらなアカン。勉強なんか……あ、勉強はもちろんちゃんとせなあかんで」

「な、なんや。この前と、いうてることがちがうやん」

するととうちゃん、小さい声で、

「かめきち、なんで口と目は、顔についてるか、わかるか」

と、いってきた。

「なんでや？」

「ひとの顔色を気にしながら、しゃべるためや」

見ると、台所からかあちゃんが、コワイ顔で、こっちをにらんでいた。

竜退治の騎士になる方法

岡田　淳

ぼくは六年生だった。

秋のある日のことだ。

その日は、両親と姉の帰宅がおそくなることが、朝からわかっていた。

そういうことはたびたびあって、そんな日は、ぼくひとりで夕食をすませる。かんたんなものをつくり、ありあわせのおかずをそえて食べるのだ。

ぼくはそれをきらいじゃなかった。けっこう楽しんでいた、と思う。ささやかな冒険をしているような気分というか、ほら、ひとりぐらしみたいな。

そのころ、わが家では、たいたごはんを小分けしてラップでつつんだものが、いつも、いくつも、冷凍してあった。好きな量を解凍すれば、あとはなんとかなる。その日は、ひじきと豆を煮たのが前の日から残っていたし、だいこんのつけものも、いかなごのくぎ煮もあった。

あとなにか一品ほしい。目玉焼きをつくることにした。そのころのぼくがつくるかんたんなものというのは、目玉焼きとかソーセージいためとかいったものだ。

卵はあった。ところが、こしょうがなかった。ぼくは目玉焼きにこしょうがかかっているのが好きなのだ。そこで、近所のコンビニへこしょうを買いにいった。

買いものをすませてコンビニを出る。そこで、だれかと正面からぶつかりそうになった。おたがいになにかに気をとられていたのだろう。その相手というのが優樹だった。

「あ!」とか「お!」とか、ふたりいっしょに声をだしたあと、

「なんでこんなとこにいてんねん。」

といったのが優樹で、ぼくが思わず口にしたのは、

「しもた。宿題のプリント、学校にわすれてきた。」

ということばだった。

「ひとの顔見て、なんで宿題のプリント思いださなあかんねん。」

優樹はぼくを横目で見た。

ここでいっておきたいのだけれど、ぼくにはそういうところがある。今おきていることと、話していることから、ひとりでに別のことを考えてしまうのだ。ふだんなら、別のことを考えているのはまず、ばれない。今おきていることにそれなりの反応や会話ができるから。このときは、だしぬけに出会った、ということで気持ちが動揺していた。だから、考えたことを思わず口にだしてしまったのだ。

だしぬけ。そう、ぼくたちはきっと、だしぬけに顔をあわせたのでなければ、ことばを

かわすなんてこと、しなかったと思う。むこうからやってくる優樹をぼくがみつけるか、優樹のほうがあらかじめぼくに気づくかしていたら、目をあわさないようにすれちがっていただろう。あるいは、もっと遠くで目があっていて、「よぉ。」とか顔でうなずくかするだけですませていただろう。

といっても、ぼくたちがけんかをしているとか、なかがわるいとかいうのじゃない。住んでいる世界がちがう、というのかな。教科書と、ゲームの攻略本みたいに。

でも、もともとはそうじゃなかった。

ぼくと優樹はおなじアパートに住んでいた。そしておなじ保育所にかよっていた。ゼロ歳児から。小学校でも一年生、二年生とおなじクラスだった。だから、八年間ずっといっしょだったわけ。

ぼくたちはユッキ、ヤッちゃんとよびあっていた。ぼくは康男というのだ。しょっちゅうおたがいの家に遊びにいき、どちらかの家で食事をすませてしまうこともめずらしくなかった。家族みたいだった。

なかがよかったのはそこまでだ。

二年生の終わりに、三つのことがおこった。優樹の父さんが家を出ていき、谷川優樹は井口優樹になった。ぼくのほうはアパートを出て、近くのマンションへ引っ越した。そこへもってきて、三年生になると別のクラスだった。

おこったのが三つのうちのひとつだったら、ぼくと優樹はそれまでどおりにやっていけたかもしれない。でも、三つともおこってしまった。

気がつけば、ぼくたちはそれぞれ友達をつくっていた。四年生も五年生も別のクラス。そのあいだに、優樹と優樹の母さんは髪の毛を茶色にした。そのころ、小学生で茶髪というのはめちゃくちゃめずらしかった。

ぼくが優樹と遊ばなくなったのは、ぼくの両親とかが遊ぶなといったりしたせいではない。いつのまにか、遊ばなくなっていたのだ。ぼくが週の半分以上の放課後を塾に行くようになったというのも、遊ばなくなった原因かもしれない。あと、ぼくが男の子で、優樹が女の子だということも。

六年生になって、ひさしぶりにおなじクラスになった。六年生の優樹は、服装も態度も男の子みたいにみえた。

クラスがおなじになれば、おたがいに名前をよばなければならない場面もある。そんなとき、優樹はぼくを、ほかの男子がよぶように「津村」とよび、ぼくはぼくで優樹のことを、ユッキではなく「井口」とよんだ。ほかの男子がよぶように。

口のききかたも、二年生までのユッキとずいぶんちがっていた。

だれかと話すときに、とてもそっけないことばで、でなければはじめからけんか腰みたいなものの言いかたで話すようになっていた。

もっとも、それは優樹だけではなかった。何人かがそういうしゃべりかたをする。いや、全員がそういう傾向のしゃべりかたをしているようにも思える。ひとをからかったり、わるくいったりすることばが多く、とがった声がひんぱんにでる。いつのまにか、そうなっていたのだ。

前はちがった。二年生までのぼくたちは、よくだれかをほめていたと思う。

――ユッキは足がはやいなあ。

とか、

――なんでヤッちゃんはこんなにじょうずに絵がかけるのん?

とか。

ぼくも六年生になってあまりひとをほめない。二年生までのヤッちゃんとはちがっているのだ。きっと。

授業中、優樹はほとんど先生の話をきいていない。だれかに話しかけていたり、寝ていたりする。もちろん注意される。優樹が先生に注意されるたびに、ぼくはさびしいというか、はずかしいというか、みじめな気分になった。とくに一学期は。ほおが赤らむほど。今は二学期で、すこしなれたけど。

そう、まだ二学期だというのに、森先生は卒業文集をつくるための宿題をだしたのだった。卒業文集にのせる作文は三学期に書く。きょうの宿題は、そのための準備なのだそうだ。プリントには、ふたつの質問が印刷されていた。

ひとつは将来の夢について。森先生はこんなふうに説明した。

「いつか自分がこんなことをしていたらいいなあ、と思う姿を書きなさい。職業でもいいし、休みの日のすごしかた、趣味、そんな姿でもいい。いつの日か、こんなことをしてみたい、ということでも……。」

めずらしく優樹はきいていた。優樹は、きいているときは、まるで先生と一対一で話しあっているみたいに感想をいう。

「そんなん思たことないわ。」

先生は口のはしをすこし笑うかたちにして、優樹にいった。

「この機会に、思ってみるのはどうですか。」

もうひとつの質問は、その夢を実現させるために、今どんなことをしているか、あるいはどんなことをしていけばよいと思うか、といったものだった。その説明をきいた優樹がつぶやいたのが、

「夢のないもんはどないすんねん……。」

だった。ななめ前にすわっているぼくにはききとれた。

(夢のないもんはどないすんねん。)

耳もとでささやかれたような感じで、なんだかとても重要なことというか、きいてはいけないことをきいてしまったような気がした。

ぼくはといえば、夢は売るほどあった。プリントにどれを書こうか、迷うぐらいだ。アニメ映画をつくる人になる。マンガ家になる。牧場で働く。こっとうひん屋さんになる。海に近い川辺か湖のそばに家があり、庭に水がひきこまれた掘り割りがあって、そこに浮かべてあるヨットにのって、いつでも海か湖に出ていける生活をする。だんろのある家に住む。大きな犬を飼う。ふくろうを飼う……。そのつもりになれば、これの五倍はいえる。

もちろん、それのうちのどれひとつとして、そうなるための努力はしていない。努力はしていないけれど、こうなればいいなあ、と思うのだ。

優樹は、こうなればいいなあ、と思うことがないのだろうか。

（夢のないもんはどないすんねん。）

このことばは、思いだすたびに、ぼくの心のなかで優樹のつぶやき声でひびいた。

そういうことがきょうの五時間めにあった。だから、コンビニの入り口で優樹に出会ったとたん、ぼくの脳細胞は宿題を思いだし、プリントを思いだした。そして、ぼくがそれを学校にわすれてきたことに気がついた、というわけだった。

*

「ひとの顔見て、なんで宿題のプリント思いださなあかんねん。」

そういったあと、優樹はきゅうに思いついたように、

「とりにいきたい？」

と、まっすぐにぼくを見た。

ぼくは、ことばの意味がよくわからなかった。

「学校へ、宿題のプリント、とりにいきたい？」

優樹はくりかえした。

ことばの意味はわかった。ぼくは反射的に心の用心をしていた。

なにかをとつぜんたずねられ、それにまともにこたえると、ろくなことはない、というのがぼくたちの常識だった。

「このカード、ほしい？」とたずねられて、「ほしい。」とこたえてしまうと、もうだめだ。「やるわけないやろ。」とばかにする。あるいはカードの裏に「○子」と書いてあり、「おーい、津村は○子がほしいねんて！」と大声でいうのをきっかけに、何人もが「津村はほしい。」「○子ちゃんがほしい。」とはやしたて、ぼくと○子の反応を楽しむ。でなければカードの裏には「けってくれ。」と書いてある、と、じつにさまざまな工夫がある。

もちろん、ぼくが教室で優樹にそんなことをされたことはなかった。だが身についた反応とはそういったものだ。

反射的に心の用心をしながら、同時に優樹の表情をうかがっていた。その表情は、そういったたくらみがあるようにはみえなかった。それでもぼくは、あいまいにうなずいた。

「そら、行けるんやったら……。」

「そしたら、行こか。」

「え？」

なぜ優樹がそんなことをいいだしたのだろう、と思った。その気持ちが顔にでたのだろう。優樹はすこしはずかしそうに笑って、いった。

「ひまやねん。」

それにしても、教室でもしゃべりあったりしないのに、とつぜん、どうして……、とためらっていると、

「いっしょに行きたない？」

と、優樹は目をそらせた。ぼくはあわてて首をふった。首をふりながら、ためらったことのもっともらしい理由を考えていた。

「いや、学校、閉まってるんとちゃう？」

五時をまわっていた。四時半の下校時刻をすぎると門は閉まる。そのあとは忘れものをとりにいってはいけないことになっている。

けれど、優樹はあっさりいった。

「教室に、はいれたらええんやろ?」

そういわれれば、うなずくしかなかった。

「うん、まあ……。」

「そしたら、行こ。」

塾のない日でよかったと思った。

さきにたって歩きだす優樹は、学校でのようすと全然ちがっていた。するどい感じがなかった。ほかのみんながいないからかな、などと考えた。

ぼくは追いついて横を歩いた。

「なにか買いにきてたんとちがうんか。」

「ん……? いや、なんとなく。それより津村はなんであんなとこにいてたん。」

そうだった。優樹は顔をあわせたとたんに、そういったのだった。ぼくはポケットから、コンビニのシールのついた、こしょうのびんを出して見せ、それを買いにいくことになったわけを説明した。

「自分で晩ごはんをつくるんかぁ。えらいなあ。」

優樹はぼくのことをひさしぶりにほめた。なんだか、むかしのユッキみたいだった。そのあと優樹は自分のことを話した。

「うちは、母さんが夜のお店やろ。」

「夜のお店って？」

「お酒なんか飲ます店やんか。夕方からつとめにでんねん。」

そういう時間の仕事だから、優樹はほとんど毎日、ひとりで晩ごはんを食べるのだといった。近所の食堂、ラーメン屋、お好み焼き屋で。三年生からずっとそうしてきたというのだ。ぼくは知らなかった。

「そしたら、井口は、ひとりで寝るんか？」

「寝るときもあるし、待ってるときもある。」

「待ってるて……、何時ごろに帰ってきはるん？」

「はやかったら、一時ぐらいかな。」

それで優樹は学校でよく寝るのだ。ぼくはひとり、うなずいた。

そんな話をしながらならんで歩くのは、ずいぶんきみょうな感じだった。三年間、ほとんど話をしていない、と思う。それがとつぜん、目玉焼きだのラーメン屋だのと話している。

話をしながら、今話をしているんだ、という気持ちがあった。二年生のユッキと話しているヤッちゃんには、話をしている、なんて気持ちはなかったけれど。

閉まっている南門の前をとおりすぎ、西側の先生たちの通用門から、ぼくたちは学校にはいった。うまいぐあいにだれもいない。

校舎にはどうしてはいるのだろう、と思っていると、優樹は校舎の裏側へまわった。そのとき、体育館の横に大きな車がとまっているのが見えた。

「あれ、なんやろ。」

優樹が首をかしげた。

「あしたの観劇会の用意をしにきてるんやと思うで。」

「へえ、そんなんあるんか、あした。」

優樹は先生の話をきいていないのだ。年に一度、観劇会というのがある。劇団の人がやってきて、劇を見せてくれる。前の日から準備をしているのだ。舞台装置の用意とか、大きなスピーカーや幕をとりつけたりして。

校舎の裏のほそい庭は、枯れた葉がいっぱい落ちていた。ぼくと優樹のくつの、かわききった葉をふむ音がきこえた。ぼくたちは頭を低くして、だまって歩いた。右側の壁の内側は廊下だ。もしも先生が歩いていてみつかったりすると、めんどうなことになる。

すこし歩くと建物が左につきでているところがあり、そこだけ窓が廊下よりも小さく、高い位置にあった。トイレのある場所だ。優樹はそこで足をとめ、からだをのばして窓に手をかけた。

あ、そうか、と思った。ぼくたちのクラスはこのトイレの清掃担当だったから知っているのだが、その窓は手洗い場の上にあって、鍵がかからないのだった。

外側から注意して見たことがなかったので知らなかったけれど、うまいぐあいに、その窓のちょうど真下に、壁に突きささるように水道かなにかのパイプがひきこまれていた。足をかけてください、といっているみたいに。

「前からここを利用してたんか？」

ぼくは感心して小声でたずねた。優樹はふりむいて、とくいそうににこっと笑うと、ひとさし指を口の前に立ててみせた。そんな表情やしぐさはずいぶん見なかった。いや、ぼくは優樹のそんな顔は、はじめて見たように思った。するときゅうに、こんなところをだれかに見られるとまずい、みたいな気分になって、まわりをたしかめてしまった。

ぼくたちはその窓からしのびこんだ。

校舎のなかはひっそりとしていた。胸がすこしどきどきした。

優樹は窓をしずかに閉めた。廊下に人影はない。トイレのすぐ前の階段をのぼった。スニーカーの音が思ったよりもひびいて、自然にしのび足になった。

三階の廊下に出た。ぼくたちの教室はこちらからふたつめだ。

と、優樹が手をあげて、ぼくをとまらせた。

優樹は教室の戸が開いていることを、身ぶりでぼくにおしえた。もしも先生がいるのなら、せっかくここまできたのだけれど、そっともどらなければならない。しかし、戸はただ閉めわすれられているだけかもしれなかった。ぼくたちは足音をころして、教室に近づいた。遊びじゃないのに、なんだかわくわくするような気分がしていた。

*

教室をさきにのぞきこんだのは優樹だった。のぞきこんでしばらくじっとして、それからぼくをふりかえって首をひねった。

（だれかいてるのん？）

手と顔でたずねるぼくに、のぞいてみろ、と優樹はうながした。ぼくはそうした。教室のちょうどまんなかあたりの席に、むこうをむいて、つまり運動場側の窓のほうへ顔をむけて、だれかがすわっていた。先生ではない。おとなの人のようだ。茶色の髪の毛をうしろで結んでいる。フードのついた、黒っぽいマントのような上着を着ていた。

とつぜん、その人が声をだした。むこうをむいたまま。

「きみたちがリュウでないことは、その足音でわかっていたよ。」

男の人の声は、めちゃくちゃによくひびく大声だった。その声にぼくたちは力がぬけ、すわりこんでしまった。

その人はいすに腰かけたまま、上体をひねってこちらを見た。

ぼくたちはきっと、ばかみたいな顔をしていたんだろう。すわりこんでいるぼくたちを見て、その人の表情はきゅうにゆるんだ。おとなの年はわからない。三十歳くらいだろうか。

「ありゃ、びっくりさせてしもた？　すまんすまん。」

ふつうの声だった。それに、さっきのしゃべりかたとちがって関西弁だった。そのちがいにぼくはあっけにとられた。だが親しそうな顔つきに、すこし安心した。

「きゅうにでっかい声だすんやからなあ。」

優樹がつぶやくようにいった。ぼくはたずねた。

「リュウゆう人と、ここで会うことになってたんですか？」

「リュウは人ではない。ドラゴンだ。」

ひびく大声でまたぼくたちをびっくりさせた。立ちあがりかけていたのに、腰がくだけた。

どうしてきゅうにでかい声をだすんだろう。それも、ひとつひとつの音がやけに歯切れのよい、標準語のアクセントで、まるで舞台で芝居でも……。

――あ、そうか！

ぼくはとつぜん、わかった。演劇の人だ。あすの観劇会の劇団の人なのだ。

「そしたら、ドラゴンとここで、小学校の教室で、会うことになってたん？」

優樹が疑わしそうにたずねている。

「ううん……。」

その人はふつうの声でちょっと考えた。

「会うことになってるゆうのんはちがうと思うで。こっちが会いたい思てても、竜のほうがどない思てくれてるか、ちょっとわからへんからな。」

うまいことをいう、とぼくは思った。つまりそれは、竜がここにはあらわれないかもしれない、といっているのだ。

「竜と会いたいて……、会えたらどうすんのん？　おっちゃんは、なにする人？」

優樹の質問に、ぼくは、（役者さんや！）といおうかと思った。が、その前にその人は立ちあがって、こちらをむいた。

おどろいた。本格的だった。ちゃんとした衣装だった。むかしのヨーロッパの騎士みたいにみえた。腰の革ベルトから剣をつり、手には楯を持っていた。マントの下の緑の服はひじのあたりまでゆったりとしていて、そこから手首まではぴったりとしている。ズボンはほそく、ひざのあたりまであるブーツをはいていた。

その人はまじめな顔でいった。

「おれは、竜退治の騎士やねん。」

優樹は息をのんだが、ぼくは、ああそういう役をする人なんだな、と思った。はじめはおどろいたが、よく見ると剣も楯も軽そうだ。小道具なのだ。きょう、よその学校で劇をして、そのままのかっこうでここにきた、というところだろう。

優樹はぼくにそっと寄ってささやいた。

「だいじょうぶか？　この人。」

役者さんだと気づいていないのだ。ぼくはそれをおしえてやろうと思った。が、本人が竜退治の騎士だといっている前で、じつは役者さんだとばらしてしまうのはわるいのではないかという気がした。優樹にもそのうちにわかるだろう。ここはしばらく本人がいうとおり、竜退治の騎士ということにしておいて話を続けるほうがいいのでは——。いや、正直にいう。ぼくの心のなかには、役者さんだと気づいていない優樹を見て楽しもうという気分があった。おしえないことにした。

ぼくは立ちあがって、いった。

「竜退治の騎士ゆうて、そんなかっこうしてはったら、なんやら西洋人みたいですねえ。」

その人はこたえた。

「おれは西洋人やで。」

ぼくは笑ってしまった。

「どうみても東洋人ですけど。」

「今はそないみえるだけや。」

メイクをして舞台にあがれば西洋人にみえる、ということかな、と思った。きゅうに親しそうに話しだしたぼくとその人を、優樹はふにおちない顔で見くらべた。

「西洋人やったら、名前はなんというんですか？」

その人は、一瞬つまった。役の名前をいえばいいのに。それとも名前はなくて、ただ竜退治の騎士という役で登場するのだろうか。ところがその人は、こういった。

「……今ここで名前をゆうたら、きみら笑うと思うんや。」

「ぼくら、そんな失礼なことしません。なあ。」

うながされて優樹もうなずいた。でもぼくはもう笑いそうだった。

「いや、きみら、ぜったいに笑うわ。」

「ほんまは西洋人とちゃうから、そんなことゆうて、名前をいわんとこ思てんのとちゃいますか？」

その人はため息をついたようにみえた。

「わかった。ゆうたらええんやろ。」

「なんちゅうんですか？」

「……ジェラルドゆうねん。」

ぼくと優樹は爆笑した。〈ジェラルド〉と〈ゆうねん〉！　なんというミスマッチだろう。

「みてみぃ。笑たやないか。」

ぼくたちは入り口の柱とドアによりかかり、すがりつき、

「すみません。」

「ごめんなさい。」

と、あやまりながら笑った。

「これきいたら、みんな笑いよる。なにがおかしいねん。」

ジェラルドさんは顔をしかめた。

「そのぉ、関西弁と名前があわへんのとちゃいますか？　関西弁と竜退治の騎士ゆうのんも、ぴんとけえへんけど。」

「そら、きみらのかたよった考えや。きみらかて関西弁しゃべってるやないか。自分を育ててくれたことばに、ほこりを持たんでどうすんねん。ええ？　竜退治の騎士が関西生まれやったら、こらどないしても関西弁やないか。生まれ育ったところによってや

な、〈竜ば退治しよります〉ゆう騎士もおるやろし、〈竜サ退治するだよ〉ゆう騎士もおるやろ。」

「そんなん、きいたことないわ。なあ。」

優樹も、

「ない。」

といった。

「きみらなあ、ひとに名前をきくときは、自分も名のるもんや。それから、いつまでも廊下につったってんと、なかにはいったらどうや。きみらがそこにおって、竜がそっちからあらわれたら、きみらを守りにくいやろ。」

爆笑してしまうと、すこしうちとけた気分になって、ぼくたちは教室のなかにはいった。といっても、ジェラルドさんのすぐ近くに行く気にはなれなかった。なにしろ、剣なんて持っているのだ。つくりものとは思うけれど。

「名前、ゆうてみ。」

ぼくたちはすこしはずかしそうに自分の名前をいった。

「津村康男。」

「井口優樹。」

ジェラルドさんは口をとがらせた。

「ヤスオとユウキか。笑えん名前やな。うそでもええから、フランソワとかエドワードとか、ゆうてみたらどないやねん。」

「うそでもええから？」

優樹がききとがめた。

「そしたら、ジェラルドゆうのん、やっぱりうそやったん？」

役者さんだと思っていないから、役の名前だろうとは考えつけないのだ。

「うそでなければ語れない真実もある。」

でかい声に、ぼくたちはびくっとした。

「きゅうになんやねんな。ジェラルドさんはなんでとつぜん、そんな声をだすのん？」

優樹にいわれて、ジェラルドさんはへへへと笑った。

「すまん、すまん。くせになっとんねん。」

うそでなければ語れない真実って劇のことかな、とぼくは思った。

「めいわくなくせやな、ジェラルドさん。」

優樹はまだからんでいる。

「その、ジェラルドさんゆうのん長いやろ。ちぢめて、ジェリーゆうてくれてもええんやけど。」

「ふうん。ジェリーなあ。」

それもうそやろ、と優樹はつぶやいて、横目でジェリーを見た。ぼくは話題を変えた。

「ジェリーは竜退治の騎士なんでしょ。」

「そや。」

「そしたら、今までに竜を退治したこと、あるんですか?」

「あのな、おれはきのうきょう竜退治の騎士になったんとちゃうねん。な。もう二十年もやってるわけ。一年に十頭はいくから、かれこれ二百くらいは、いてもうてるやろ。」

「二百頭の竜なあ……。」

優樹が疑わしそうにつぶやいた。ぼくはこれは何回その劇をしているかという数のことではないかと思った。

「あのぉ、竜て、どんなん?」

優樹がたずねている。いい質問だ。

「竜についてこたえるのはむずかしい。」

ジェリーの口調が変わって、ぼくたちはまたびくっとした。その口調でジェリーは続けた。

「住むところがさまざまなら、姿かたちもさまざま。そしてその性格のわるさもさまざまなのだ。大都会に住む竜もいれば、農村に住む竜もいる。海辺の発電所にもいれば、駅前の地下街にもいる。学校、工場、商店街、そしてひとつの家庭に住む竜もいるわけだ。

どの竜も邪悪であることに変わりはないが、ある竜は単純で破壊的、別の竜はずるがしこく、かと思えば、一見美しくてじつは冷酷という竜もいる。大きな竜、小さな竜、翼のある竜、頭がいくつもある竜、姿が見えない竜、かぞえあげればきりがない。ありとあらゆる場所に、ありとあらゆる姿かたちの竜がひそみ、とぐろをまいているのだ。」

こんなに芝居っぽくしゃべっているのにジェリーが役者さんだと気がつかないで、優樹はぼくにささやいた。

「この人、ほんまにだいじょうぶか?」

たんなる変な人、と思っているのだ。気づけよな、と思いながら小さく何度もうなずいてやった。そしてジェリーにたずねた。

「その、ありとあらゆる竜を、やっつけるわけですか?」

「出会えば、な。」

「そやけど、ぜんぶの竜がわるいんやろか。なかには殺さんでもええちゅうか、ええもんの竜もいてるのんとちゃいますか。」

ぼくの質問に、ジェリーはすこしほほえんだ。が、すぐにまじめな顔になった。

「そういう考えかたはわかるんやけどな、おれが出会う竜ゆうたら、じっとしてたらこっちが殺されるようなやつばっかりやで。まあ、ゆうたら、そこらあたりのわるい心、よこしまな心、えげつない心、ずるい心、わがままな心、そんなもんをよせあつめて、こねあげたようなやつなんや。」

「ふうん……。そしたら、きょうはここで、学校の竜を退治しよと思てはるわけですか。」

ぼくがそういうと、優樹がぎょっとした。そしてぼくにだけきこえるぐらいのささやき声でたずねた。

「学校に、竜、いてるのん?」

本気でそんなことをきくか？　とは思ったが、ジェリーにその質問をしてやった。

「この学校に、竜が、いてるんですか？」

ジェリーはあいまいに首をふった。

「さあ、たいがいの学校にはいてるけど、どの学校にもいつもかならずいてる、とはよういわん。」

そりゃあ、かならずいるとはいえないだろう。かならずいるなら竜は出てくることになる。うまい答えだ。そう思いながら、さらにたずねた。

「それで、もしも竜がいてるとして、こうやって待ってたら出てきてくれるんですか？　こっちからさがしにいかんでも、むこうのほうから……。」

「それはええねん。おれが竜と戦う騎士やということが、竜にはわかるらしいんやなぁ。こうやって世間話でもしながら待ってたら、おこって出てきよんねん。」

「はあ……。で、出てきたら、その剣と楯で戦うんですか。」

「そういうこっちゃ。」

ジェリーは運動場側の窓により、外のようすをうかがった。ぼくも見た。もちろん、だれもいなかった。竜もだ。

「それで、ヤスオとユウキはここへなにしにきたんや。」

ジェリーは、竜を待っているとは思えないほど、のどかな声でたずねた。たずねてくれたおかげで思いだした。話がおもしろくて、すっかりわすれていたのだ。

ぼくは自分の席へ行っていすにすわると、机からプリントをとりだした。

「これを持って帰るのをわすれて……。」

「とりにきたんか。」

なるほど、とジェリーがうなずいたとき、ぼくは思いついた。

「ジェリーは、なんで竜退治の騎士になったんですか？ いつなろうと思たんですか？ それで、竜退治の騎士になるために、どんなことをしたんですか？」

ジェリーはすこしのあいだ、ぼくをじっと見て、

「うん……。」

と、うなずいた。そして窓ぎわからはなれ、どう話したものか考えているみたいにゆっくり歩き、教卓の前に立った。ぼくはプリントを折りたたんで胸のポケットにいれながら、これはけっこうおもしろい質問だったぞ、と思った。ふりむくと、優樹もななめうしろの自分の席にすわっていた。

*

自分の席にすわって、黒板を背にした教卓の前のジェリーを見ていると、なんだか授業のようだった。

ジェリーは楯を教卓の上において、ゆっくりした口調で話しはじめた。その口調が、思いだしながらしゃべっているせいか、思いつきながらしゃべっているせいか、ぼくにはわからなかった。

「おれが、なんで竜退治の騎士になったかゆうたら……、そう、いちばん最初のきっかけは、やな……。うん。おれが小学生のときに、竜退治の騎士に出会った、ということや。あれは、五年生のときやった。林間学校へ行ったんや。林間学校て、知ってるか？」

ぼくたちは「知らん。」と首をふった。

「そうか、知らんか。夏休みに泊まりがけで山のなかの施設へ行くんや。キャンプみたいなもんやな。学校からバスにのって……。」

「ああ、自然学校……。」

「自然学校ゆうんか、このへんの学校では。」

「自然学校は夏休みにはせえへんけど……。」

「まあええ。その林間学校で、ある朝のことや。おれはみょうに早うに目がさめてしもてな、ひとりで林のなかに散歩にいったわけや。そしたらそこで、とつぜん争いごとがはじまった。なんと、剣を持った女の人と、竜が……。」

優樹が思わず、という感じで口をはさんだ。

「女の人！　その人が竜退治の騎士やったん？　女の人が？」

「そうや。女の人やったらあかんか？」

ジェリーがたずねかえした。

「いや、あかんことない。」

優樹は、どうぞ話を続けてください、と、手でうながした。ジェリーはじっと優樹を見て、いった。

「ユウキ、きみ、……女の子やったんか。」

「女の子やったらあかんか？」

「いや、あかんことない。」

「話。」

ジェリーはうなずいて続けた。

「竜はどぎつい緑色をしていて、馬ぐらいの大きさやった。」

「馬ぐらい？」

また優樹がわりこんだ。ジェリーがあごをつきだした。

「馬ぐらいやったらあかんのか。」

「いや、あんまり大きぃないなあ、思て……。」

優樹がつぶやいて、ぼくもうなずいた。

「あのなあ。」

ジェリーが黒板にもたれて、腕をくんだ。

「きみらがどんなビデオや絵本で竜を見てるか知らんけどな……。そやな、竜とカマキリと、どっちが気が荒いと思う？」

「そら、竜やろ。」

優樹の答えにぼくも賛成した。

「そしたら、カマキリが馬ぐらいの大きさで目の前におったらどないや。」

「そらこわいわ。」

ぼくもそう思う。

「それがカマキリよりも気が荒い竜や。もっとこわいんや。な。はげしい戦いやった。おれはなんとか女の人に勝ってもらいたかった。戦いは続いた。どっちもつかれ、どっちも傷ついてた。ちょうどそこに枝が落ちてた。じょうぶそうな、長い枝や。おれはそれをこう持って、チャンスがあったら投げつけるか竜を突くかしたろ、と思た。そしたら女の人が足をすべらせたんや。竜がとびかかろうとしよった。おれはかくれてた木のかげから、もうむちゅうで竜の腹のあたりを突いとった。なにすんねん、ゆう感じで竜がおれのほうを見た。そのすきをのがさなんだ。女の人はたおれたまま剣を竜の胸に突きさした。緑の血が流れて、むかつくにおいがして、竜はたおれた。そのとたん、ふしぎなことに、竜の姿も、緑の血も、むかつくにおいも、すうっとうすくなっていって、消えてしもたんや。

『だいじょうぶですか?』

ゆうて、おれはたずねた。

『たすけてくれて、ありがとう。』

女の人はお礼をゆうた。

『今消えたんはなんですか？　なんであれと戦うてはったんですか？』

おれがきいたら、その人は、自分は竜退治の騎士で、今消えたんはこの二、三日ここらあたりにあらわれた竜や、ちゅうておしえてくれたんや。

――竜退治の騎士！　そんなもんがいてたんか！　めちゃくちゃ、かっこええやないか！

おれも竜退治の騎士になりたい、そう思たんはこのときや。」

思わず、ひきこまれていた。これは今までに考えてあった話なのだろうか。それとも今思いついた話なのだろうか。

優樹がまじめな声でたずねていた。

「なりたいと思ても、竜退治の騎士になんか、ふつう、なられへんやん。ジェリーはどうやって竜退治の騎士になれたん？　その女の人でもええわ。その人はどないして竜退治の騎士になりはったん？」

ぼくは優樹をちらっと見た。真顔だ。優樹は、この人がほんものの竜退治の騎士で、今の話もほんとうの話だと思っているのだ。きっと。

ジェリーはひとつ息をついてから、いった。

「その女の人がどないして竜退治の騎士になりはったんかは、おれは知らん。それはきかなんだ。おれがきいたんは、どうやったらおれが竜退治の騎士になれるか、ゆうことやった。」

「それや！　どうやったらなれるのん？」

優樹がさけぶようにいった。ぼくも身をのりだした。ジェリーはいったいどういうことをいうつもりだろう。

「その女の人は、こうゆうた。

『あなたは青空センターにきているのでしょう。』

そうです、とおれはこたえた。青空センターゆうのは、林間学校で泊まってる施設の名前や。

『では、とりあえず、きょうからできることをおしえましょう。』

ひとこともききもらすまいと、おれは緊張した。

『青空センターのトイレには、トイレ用のスリッパがあるでしょう。』

なんのこっちゃ、とおれは思た。その人は続けた。

『竜退治の騎士になりたければ、あなたが用をすませてトイレから出るとき、あなたのはいたスリッパはもちろん、すべてのスリッパを、つぎにつかう人がはきやすい向きに、きちんとそろえるのです。』

　おれはぽかんと口をあけた。そらそうやろ。竜退治の騎士になりたいゆうてんのに、〈トイレのスリッパをそろえなさい〉はないで、なあ。おれはからかわれてるんとちゃうか、と思いながら、きいてみた。

『トイレのスリッパそろえたら、竜退治の騎士になれるんですか。』

　その答えがむずかしかった。

『本気でトイレのスリッパをそろえることができれば、そのことから、自分でつぎの課題をみつけることができるでしょう。』

と、こうや。な。それだけゆうたら、その人はむこうへ行きかけた。おれはあわててたずねた。

『つぎの課題がみつからなんだら、どうするんですか?』

『竜退治の騎士にはなれません。』

『あの、剣の修業とかは?』

『剣？　これのことですか？』

その人はそれまで手に持ってた剣を、おれのほうへぽいと投げたんや。

あ、剣をそんなふうにあつこうてええんか。それともおれにくれるんか？　と、あわててひろいにいったら、それはどうみても、そのあたりにころがっていそうな木の枝やった。その枝をひろいあげて、ええ？　どういうこっちゃ？　と思て顔をあげたら、その人はもうずうっとむこうのほうへ歩いていくところやった。

まあ、そういうわけや。」

話しおわって、教室はしずかになった。

ぼくはえんりょがちにいってみた。

「なんやら、キツネにだまされました、みたいな話やなあ。」

ジェリーもゆっくりうなずいた。

「おれも、はじめはそう思た。」

「はじめは？」

とぼくがつぶやくのに、優樹の声がかさなった。

「そしたら、スリッパそろえるのん、やってみたん？」

「本気でやったらつぎの課題がみつかる、ゆうのんが、みょうに心に残ったんや。そやけど考えてみ。どういうことや。本気でトイレのスリッパそろえるちゅうのは。どう思う？　きみらやったら、どうしたらええと思う？」

ジェリーは腕をくんでぼくたちを見た。

本気でトイレのスリッパをそろえる。

そっとふりかえると、優樹はひっしで考えていた。授業中はぜったいにしない顔で。

そしてこたえた。

「まがってないように、きっちりそろえる……。」

たいした答えじゃないな、とぼくは思った。あたりまえというか、ありきたりというか。ところがジェリーはこういった。

「なるほど。まがってないように、きっちりそろえる。ええ答えや。誠実な答え、ゆうてもええな。」

そしてぼくの顔を見た。きみはどう思うのか、というふうに。

ぼくには思いつけなかった。というより、たいした答えじゃないと思っていた優樹の答えを、誠実な答えとジェリーがほめたことで、心がみだれていたのだ。気のきいた答えを思いつこうと思って、まじめな答えをばかにして、けっきょくどんな答えも思いつけないぼくって、なさけないやつじゃないか、と思ってしまった。

そこで、みじめな気分で首をふった。

「わかりません。」

ところが、この答えにもジェリーはうなずいた。

「わからん。それもひとつの答えやな。」

ぼくは、はぐらかされたような気がした。自分のことをなさけないやつだ、などと悩んだことが、ばからしくなった。これなら悩まないで、はじめから「わかりません。」といえばよかったのだ。そんな気分もあって、ぼくはすこしむっとしながらたずねた。

「正解はなんやったんですか？」

「正解？」

ジェリーがくりかえした。

「ジェリーは竜退治の騎士になれたんやから、本気でトイレのスリッパをそろえるのがどういうことかわかったんでしょ？ それでつぎの課題がみつかったんでしょ？ そやから竜退治の騎士になれたんでしょ？」

「ほんまや。」

感心したような優樹の声が、うしろからきこえた。その声で、ぼくは自分がいきおいこんで理屈をいっていることに、逆に気づかされた。すこしはずかしくなった。ほんとうはこの人はジェリーでもジェラルドでも騎士でもない。その役を演じる役者さんなのだった。ここの会話は遊びだ。本気になって理屈をいいだしたりすると、遊びはおわってしまう。ジェリーをこまらせてはいけない。だがジェリーはこうこたえた。

「正解はひとつとはかぎらない。」

とつぜんの大声は、なれてもおどろく。

「なあ、世の中には正しい答えゆうのがひとつではないゆうことが、けっこう多いと思えへんか？ たとえばやな、ここから体育館へ行く行きかたは何通りもあるやろ。どの道でも正解や。現実には正解がひとつではないことはようある。これはそういう種類の問題やったと思うんや。つまり、トイレのスリッパからはじまって、竜退治の騎士になる道は、ひとつではないと思うんや、おれは。」

「ジェリーの正解はなんやったん？」

ぼくのかわりに優樹が追及した。ジェリーは運動場側の窓へゆっくり歩いた。考えているのだ。

「おれの場合か……。おれは、とりあえず、やね、うん、やってみたわけや。トイレのスリッパをそろえる、ゆうのをな。」

　そういいながら、たばねられた窓のカーテンをそっとずらせて運動場を見た。ぼくも腰をうかせて見た。体育館の横には、あいかわらず大きな車がとまっている。竜？　いない。

「それは思たよりむつかしい仕事やった。いや、スリッパをそろえるのはなんでもない。気になったんは人の目ぇや。おれはな、たいがい、ええかげんなやつやったんや。勉強をまじめにやるではないし、走って速いわけでもない。けんかに強いわけでもなく、そうじだけちゃんとやるというやつでもない。まあ、ゆうてみたら、のってる船が沈没してやな、だれかといっしょにおれが無人島に流れついたとき、そのだれかに、おまえがいっしょでうれしい、といわれるようなやつではなかったんや。そんなおれがやで、なんできゅうにトイレのスリッパをそろえるわけ？　だれも見てないときはええで。みんながくるトイレやろ。だれかに見られるがな。なんでおまえそんなことしてんねん、そういわれたらどうこたえる？　それにいちばん気ぃつこた。」

「どうこたえたん？」

優樹がたずねた。

「それがやな、ふしぎなことに、だれもそれをたずねなんだ。ほう、とか、へえ、ちゅう目ぇでおれを見ることはあったで。そやけどだれも、なんで、とはきいてこなんだ。ふしぎなことはそれだけやない。林間学校のキャンプ生活が、なんやらええ感じになってきたんや。ふんいきが、なんちゅうか、とげとげしてたり、よそよそしかったり、わざとらしかったりしてたところがなくなってきて、ええ感じになってきてな。とにかくおれは、もう帰りたいという気分には、それからあとはならなんだわけや。」

「そしたら、それまでは、もう帰りたいと思てたんや。」

優樹はすこし沈んだ声でいった。

「まあな。」

ずっと運動場を見ていたジェリーは、ちらっと優樹を見て、また運動場に目をもどした。

ぼくはといえば、この人はこの話にいったいどういう結末をつけるのかということが、気にかかりはじめていた。なんともきみょうな話ではないか。

林のなかに竜がいる。竜退治の騎士がやっつけると消える。トイレのスリッパをそろえる。みんなのとげとげしたところとかが、なくなっていいふんいきになっている。そういう話だ。トイレのスリッパがよくわからない。いや、もちろん竜のことだって、そもそもまゆつばだ。けれど、こいつは消えてしまう。消えるといえば、みんなのとげとげした……。待てよ——。

ぼくは思わずさけんでいた。

「竜って、みんなのとげとげしたところとかの、いやなところとちゃうやろか！」

さけんだあとで、はずかしくなった。ジェリーのつくった話に本気になってしまったからだ。けれどジェリーは感心したようにぼくを見た。

「きみ、めちゃくちゃ深読みするねんなあ。」

優樹にはこの理屈はよくわからなかった、と思う。

「そんなことより、スリッパそろえるのんは、どうなったん。」

ジェリーは優樹にうなずいた。

「とにかくおれは、トイレのスリッパをそろえつづけたんや。そしたら、だんだんとスリッパをそろえなおす数がへってきた。ちゃんとつぎの者がつかえるように、そろえてぬぐやつがでてきたわけや。しかしあいかわらず、めちゃくちゃにぬぐやつは、めちゃくちゃにぬぐ。そのうちにおれは考えるようになった。ぬぎちらかしてるスリッパを見ては、なんでこんなぬぎかたするんやろ、と考えた。ちゃんとそろえるやつを見ては、なんでそろえることができるんやろ、とな。つぎにおれは、ぬぎちらかすやつの気持ちになってみよと思た。そろえるやつの気持ちになってみよと思た。そんなことをしてるうちに林間学校はおわった。竜退治の女の人にもそれきり出会えず、おれはふだんの生活にもどった。ふだんの生活にもどっても、おなじことを続けた。

家の玄関のはきものをそろえたり、そろっているのを見たりして、それをはいていた人、おふくろとか、おやじとか、ばあちゃんや弟なんかの、それをぬいだときの気持ちになってみる。また学校がはじまったら、学校のトイレのつっかけ、体育館の入り口のくつ、そういうもんはぜんぶそろえた。でなければ、そろってるのを見た。そして、それをはいていたやつの気持ちになってみたんや。」

ぼくは話にのめりこまないように気をつけていた。この人はほんとうは役者さんだ、と何度も頭のなかでつぶやいていた。そのせいだろう、はっと気づいたことがある。もしかすると、だれかがなぜそんなことをするのか考えてみたり、だれかの気持ちになってみたりするって、役者さんの修業じゃないだろうか――。

「ジェリー、いわせてもろてもええ？」

優樹がじれて、わりこんだ。

「ひとの気持ちになることと、竜退治と、どんな関係があるのん？」

「竜というものの存在が、ありとあらゆる邪悪な心で練りあげられている以上、ひとの心がわからないまま竜をみつけることができるだろうか。」

優樹はまゆをよせた。

「でかい声だしてむずかしいことならべて、ごまかさんといてほしいわ。」

きっと優樹は、トイレのスリッパの話のなりゆきが気にいらなかったのだ。

「ごまかしてないがな。おれはそういうふうにして竜退治の騎士になったんやちゅうてんねん。」

「ジェリーはほんまに竜退治の騎士かぁ？」

「ほんまに竜退治の騎士やで。」

「なんやら、あやしいなあ。」

「あ、疑うてんのんか。」

「信用しにくいわ。」

「どないしたら、信用してくれるねん。」

「そら、ここに竜が出てきて退治してくれたら信用するわ。」

優樹とジェリーのやりとりを、ぼくははらはらしながらきいていた。親しくなったぶんだけ、こちらにえんりょがなくなってきている。

とつぜん、優樹は攻撃の手をかえた。

「ジェリーは竜退治の騎士なんやろ。」

「そやゆうてるやろが。」

「それ、食べていけるんか？」

これはするどい質問だった。ジェリーはぎくりとした。

「竜一匹やっつけたらなんぼ、ゆうてだれか払てくれるんか？　やっつけた証拠に竜の舌を切りとったりして。」

「あのなあ。」

ジェリーはため息をついた。

「さっき、いわなんだか？　やっつけたら消えていきよる、ゆうて。舌なんか切りとる間がないんや。かりに切りとっても、それかて消えていきよるやないか。」

優樹はくいさがった。

「そしたら、竜を退治できてもできんでも、月になんぼ、ゆうて月給もろてんのん？　それ、だれが払てくれるん？　ジェリーはそれで、よめさんや子ども、食べさせていけるん？」

「きみにそんな心配してもらえるとは思わなんだな。おれはな、竜退治の騎士としては、だれからも一円ももろてない。そやけどな、人間、目的にむかってやってたら、食べていくんは、なんとでもなるもんや。」

そろそろこのあたりで竜退治の騎士ごっこはおしまいかな、とぼくは思った。ジェリーもそう思ったのかもしれない。きゅうにまじめな顔つきになり、ぼくたちにだまるように手でしめした。

「きよった。」

そして教卓においていた楯をとると、もういちど運動場側の窓に近よった。

「竜がきたん？」

優樹があわてて立ちあがった。疑っているのか信じているのか、自分でもはっきりしないらしい。窓のところへ行こうとするのを、ぼくが手首をつかんでとめた。どうしてとめるのか、と優樹はぼくを見た。ぼくは優樹にささやいた。

「竜は来えへん。」

*

「この人、役者さんやねん。」

ジェリーはちらりとぼくを見た。優樹はぼくとジェリーを見くらべた。ジェリーはきこえたはずなのに、まだゆだんなく運動場を見るふりをしている。ぼくはかさねて優樹にいった。

「ほら、バスがあったやろ、あしたの観劇会の。この人、劇団の役者さんやねん。ほんまの竜退治の騎士とちゃうねん。そやから、竜は来えへんねん。」

ジェリーはあわてなかった。外を見たまま、低くおさえた、しかしひびく声でいった。

「劇団の役者が竜退治の騎士であっては、なぜいけないのだ。」

その手があったか、とぼくは思った。あきらめないジェリーは視線をすうっとななめにあげていった。それはまるで、運動場にいた竜が空高く舞いあがっていくのを目でおっているようにみえた。もちろん、窓の外にはなにも見えない。

「暗い赤みがかった茶色の皮膚が、ところどころ青く光ってみえる。からだを動かすと、その皮膚の下で筋肉が動くのがわかる。そして背中にこうもりのような翼、長いしっぽは先が矢印のかたちで太く強いむちのようだ。」

ジェリーは自分が見たものをたしかめるようにつぶやき、上空に消えた竜のかすかな気配を、目と耳と全身でさぐっているようにみえた。

「竜退治の騎士が料理人であってもいいではないか。竜退治の騎士が大工であっても、運転手であっても、ピアニストであっても……。」

目と耳とからだは、見えない竜に集中し、ことばは、ぼくたちにむかってなげかけるという、たくみな演技を見せながら、ジェリーはじりじりと黒板の前を出入り口のほうへすすんだ。

「その人が竜を退治するかぎり、その人は竜退治の騎士ではないか。」

「そらまあ、そうやけど……。」

ぼくがつぶやくようにこたえたとき、

「そっちか！」

とつぜんジェリーはマントをひるがえして、出入り口から廊下へとびだした。

なるほど、竜を追うふりをして逃げるつもりだ、とぼくは思った。すこし笑えた。

優樹は、わからなかった。いったいどういうことなのだ、とぼくを見た。

「あのな……。」

説明しかけて、おどろいた。足音がもどってきたのだ。そしてジェリーがとびこんできた。

「やっぱり、ここだ！」

信じられなかった。どうしてあのまま行ってしまわなかったのだろう。

走りこんできたジェリーは、教室正面やや右よりのあたりで黒板にむかって立ち、マントをはらりとぬぎすて、腰の剣をひきぬいた。

ぼくと優樹は、そうするほうがいいような気がして、教室のうしろにさがった。つくりものの剣とはいえ、そんなものをふりまわすそばにはいたくなかった。

「な、なんでもどってきたん？」

ぼくはたずねずにはいられなかった。あのまま行ってしまえばそれでおしまいのはずだったのだ。

ジェリーはこたえず、姿勢を低くし、楯で身を守り、剣をかまえた。黒板の上のあたりをにらみつけているようにみえる。いやもちろん、むこうをむいているのだから、にらみつけているかどうか、ほんとうのところはわからない。だが後ろ姿を見ていると、きっとにらみつけているだろうと思えた。

「なにしてんのん!?」

優樹がさけぶようにたずねた。ジェリーはこたえない。ぼくは優樹にささやいた。

「竜がやってくるのを待ちかまえてるっちゅうとことちゃうで。」

それしか考えられないではないか。しかしこのあと、どうするつもりなんだろう。


㋐「やっぱり外か。」などとさけび、出ていく。

㋑見えない竜と立ちまわりをする。

㋒「なんちゃって。」といってギャグにする。


そこまで考えたとき、ジェリーはふっとばされた。ようにみえた。㋑を選んだのだ。

黒板の前から、机と机のあいだをふっとんで、ほぼ教室のうしろあたりまでころがった。

　ぼくと優樹はじゅうぶんおどろいた。「ひえっ！」とか「わわっ！」とかさけんで、思わずからだをよせあった。なにしろ大の男が教室の前からうしろまで、ほんとうに強大な力にはじきとばされでもしたようにふっとんで、ころがってみせたのだ。よっぽど、けいこをつんでいるのだろう。

「な、なにしてんのん!?」

　優樹がもういちどさけんだ。

「竜と戦うてはるんやないか。」

　ぼくは、わからずやの優樹の耳もとで、小声でさけんだ。

「ええ？　そやけど……、竜、見えへんで。」

「パントマイムや。ほんまはいてへんねん。」

「そしたら、役者さんなん？」

「役者さんやゆうてるやろ、さっきから。」

　ころがっていたジェリーが頭をぶるっとふって起きあがった。剣と楯をひろいあげ、まわりを見まわした。はるかかなたに竜をみつけたようだった。こんどは教室のうしろの掲示板の上のあたりをにらんで、かまえた。いったん教室を前からうしろにとおりすぎた竜が、うしろのほうから舞いもどってくる、ということらしかった。

掲示板のほうをにらんでいたジェリーは、ちらっとぼくたちを見て、低くひびく声でいった。

「こんどは舞いおりるだろう。ここが戦いの場になる。きみたちは前のすみのほうにかくれるんだ。」

なにやら迫力のある言いかたで、ぼくたちは教室の前のすみ、先生のスチール製の机のあたりに移動した。

「こんどは舞いおりる、て……。」

優樹がつぶやいてぼくを見た。ぼくはこたえた。

「こんどはとおりすぎんと、ここへ降りてきてジェリーと戦う、ゆうてはんねやないか。」

「それ、パントマイムでやりはるん? ほんまはいてない竜と……。」

「そらそうやろ。」

そのとき、ふたたびジェリーがはじきとばされた。こんどは前ほどころがらず、教室のまんなかあたりでふみとどまった。そしてすぐに攻撃にうつった。

「はあっ！」

剣をなぎはらう。ジェリーが相手を見る視線の高さからいえば、竜の大きさは馬どころではないようだった。教室の天井あたりに相手の目があるようにみえた。それがはげしく動くのは、竜のからだがすばやく動くのか、竜の頭の部分がすばやく動くのか、どちらかだろう。ジェリーの最初の一撃は、おそらく竜の前足をねらったものらしかった。そしてたぶんそれはすばやく竜が動いて、かわされたようにみえた。剣が相手に達した感じがなかったからだ。

「はっ！　はっ！　はっ！」

ジェリーは相手が剣をかわして身をひいたぶんだけ、剣を突きながら、三歩前に出た。

そこでとつぜんとびさがり、楯のうしろに身をかくす姿勢をとった。

「なんと！　火を吹くのか！」

なるほど、炎の攻撃から身を守っているのだ。だが竜は火を吹きつづけることはできないようだった。炎がとぎれたところで、ジェリーはフェイントをかけた。右へ移動するとみせかけて左の机にとびあがり、さらにそこからジャンプして剣をふるったのだ。

「ほおっ！」

どうしてそんなことができるのだろう。空中でふるったジェリーの剣は、なにかかたいものに一瞬ふれて、それを切断することはできなかったものの、かなりのダメージを相手にあたえたようにみえた。

「これで、とべなくなったろう。その青紫色の血といっしょに、邪悪な心も流してしまうがいい。」

ジェリーがひとりごとのようにいう。翼に傷を負わせたのだ。

「うまいなあ。」

ぼくはつぶやいた。これだけの芸ができるなら、もどってきて見えない竜と戦う場面をみせたくもなる。

つぎは竜の反撃だった。翼を傷つけられて怒りくるった竜が、前足かしっぽかで、よこなぐりに攻撃したらしい。ジェリーはそれを楯で受けようとしたが、そのままのかっこうで二メートルほどとばされた。机といすがすさまじい音をたててたおれ、ジェリーの楯が三分の一ほどちぎれてしまった。ちぎれたところから板と紙がみえる。こんなものではふせぎきれるはずがない、とぼくは思った。

ジェリーはすばやく立ちなおった。剣をかまえ、じりじりと横に移動する。竜のほうもにらみあって、まわりこむように移動しているのだ。たぶん。

「なんか、におえへん?」

前を見たまま、優樹がつぶやくようにたずねた。

「どんなにおい?」

「マッチをすったあとみたいな……。」

ぼくには、におわなかった。

「それよりめちゃくちゃ迫力あるなあ。ほんまに竜と戦ってるみたいやんか。」

ぼくがそういっているあいだ、優樹はさかんに鼻をすんすんいわせた。なにかのにおいをかいでいるようだった。

とつぜん優樹は息をのみ、ぼくにしがみついた。そしてびっくりしているぼくを強くひっぱって、先生の机のうしろにしゃがませた。しゃがむほどのことはないだろう、とぼくは思った。優樹は自分も目だけを机の上にだすようにして、教室のまんなかのあたりを見つめている。見ひらいた目で。

ぼくはといえば、ポケットのなかのこしょうのびんの角度がわるく、足とおなかに強くあたって痛かった。

優樹がつぶやいている。

「見える……。竜が、見える……。」

たしかにジェリーの演技は、まるでそこに竜がいるかと思わせるほどすばらしかった。

「はあっ！」

ジェリーがさそうように剣を突きだす。優樹がさけぶ。

「ジェリー！　だいじょうぶ!?」

ぼくは思わず優樹にたずねた。

「なにがだいじょうぶやねん？」

おどろいた。優樹は涙目だ。泣きそうになっている。おいおい、と思った。たしかにジェリーは熱演をしている。だが泣きそうになって「だいじょうぶ？」というのはすこし感じすぎじゃないか。

優樹は、うたぐるような目でぼくを見た。

「あれが見えへんのん？」

「あれ、てなに？」

ジェリーは左へ左へとまわる。じゃまな机といすはけとばした。机もいすも音をたててころがった。机のなかから、ノートやリコーダー、体操服、筆箱などがちらばった。あとでだれがかたづけるんだ、と思ったとき、優樹がぼくをつきとばして上からのってきた。

「なにすんねん!?」

せっかくジェリーの演技を見ているのに、ふざけるなよ、とすぐ目の前の優樹の顔をにらみつけると、優樹は痛みをこらえでもしているような顔で、うめくようにいった。

「ヤッちゃん、見えてないのん……?」

「なにがやねん。」

たずねかえしたそのとき、衝撃的なにおいがぼくをおそった。マッチをすったあとのにおい、それの強烈なやつだった。つづいて、もっと複雑なにおいが鼻をついた。こげたような、なまぐさいような、そしてほこりっぽいにおい——。

つぎの瞬間、ぼくたちのまわりの世界が変わった。ぼくにかぶさっている優樹の背中の上に、机といすがずり落ちそうになってのっていた。それに、まわりの空気がほこりだらけだった。ねころんだまま頭と目を動かした。

いったいどうしたというのだ。ぼくたちのまわりは、机といすをダンプカーでぶちまけたようだった。床の上にはノートや文房具、先生の机の上にあった鉛筆けずり、造花のはいっていた花びんの割れたの、〈よくできました〉などのスタンプ、教科書、本、プリント、そしてきみょうなのはコンクリートのかけら、穴が規則的にならんだ白い板の破片と白っぽいほこり……。

ぼくの胸はどきどきしていた。息が荒かった。信じられなかった。

「こ、これ、なんや？　なんでこんな……？　ジェリーがやったんか？」

優樹は左右に首をふった。

「竜がやった。しっぽでとばしよったんや。」

「竜？」

ぼくはあわてて起きあがろうとした。そこではじめて、落ちてくる机といすを優樹が背中でささえていることに気がついた。

「ユッキ、おまえ……。」

ぼくは手をのばして、机といすを優樹の背中からのけるのを手つだった。そのあいだも変なにおいがずっと鼻をつき、机やいすのたおれる音、床の上にちらばったなにかのかけらをふみつける音が続いていた。それともうひとつ、ぶきみな音がしている。呼吸音だ。大きな生きものの。

ぼくは破裂しそうに胸がどきどきするのを感じながら、先生の机から顔をだした。先生の机の上も床といっしょで、机といすと、さまざまなものとほこりでめちゃくちゃだった。そのむこうに見えたものは、破壊された教室と、むこうむきの竜だった。

ショックだった。こんなやつがいるなんて……。信じられなかった。でも、そこにいた。

竜の頭は天井のあたりにあった。大きかった。暗い赤みがかった茶色の皮膚は、ところどころ青く光ってみえた。からだを動かすと、その皮膚の下で筋肉が動くのがわかった。背中にはこうもりのような翼があり、その一方はつけ根のあたりに深い傷を負っていた。だらりとたれさがった翼がかろうじてつながっていて、傷口からは青紫色の血が流れでている。

ジェリーの姿は竜のむこうがわになっているらしく、見えない。

竜のしっぽは太く長く、緊張して空中をゆらゆらゆれており、先端は矢印形になっている。それがとつぜん、むちのようにしなってはねうごいた。ころがっていたいすがはじきとばされ、窓にはげしくぶつかった。割れた窓ガラスが地面に落ち、くだけちる音がきこえてくる。

ほこりっぽい教室は、天井から壁にかけて破壊されていた。テレビで見た爆撃された建物のようだった。掲示板のあるうしろの壁は、V字型になくなっている。となりの教室が見えている。そのとなりの教室も天井がこわれ、ほこりのむこうに見えているのは空のようだ。床にちらばるコンクリートの破片と白っぽいほこりは、天井や壁がこわれたせいだったのだ。穴が規則的にならんだ白い板は天井のボードだ。窓ガラスの何枚かは割れ、夕日が教室のほこりを赤い線にしてさしこんでいる。

床にちらばるものをふみつけ、竜が左に移動する。そこではじめてジェリーが見えた。優樹の「だいじょうぶ?」の意味がわかった。ジェリーはひたいに傷を負っていたのだ。ほかにもけがをしているかもしれないが、ひたいは血が流れているのがわかった。

血を見たとたんに、ぼくはもうれつにおそろしくなった。ジェリーが勝つとはかぎらない。ぼくたちだって安全なわけではないのだ。いやだ。こんな竜に殺されたくない。ぼくはほとんど泣きそうだった。はっきりきこえる竜の呼吸音がおそろしかった。竜が床にちらばるものをふみつける音、床におしつけられたものがきしみ、こわれる音もおそろしかった。

ジェリーは口をあけて息をしていた。そうとう、つかれているのはまちがいなかった。

え？　と思った。

ジェリーの持っている剣と楯だ。どうみても、ほんものだった。小道具のつくりものには見えなかった。あきらかに金属の剣はするどく重みがあり、竜の青紫色の血がこびりついてさえいた。楯も金属と革でできている。それの下のほうがひきちぎられていた。表面は黒くすすけ、革などはこげている。

竜が呼吸音をとめた。うしろにひいた頭をジェリーにむかってふりだすと、その口から炎を吹いた。ジェリーはからだを小さくして楯のうしろにかくれた。炎は楯の表面をなでてひろがり、まわりにあったプリントなどが空中に吹きとばされて燃えあがった。

マッチをすったあとのにおいが強まる。このにおいだったのだ。

炎が消えるのと同時に、ジェリーは剣を突きだした。

「はあっ！」

剣は、前に出ようとした竜の肩のあたりをかすった。青紫色の血がとびちった。

「はあっ！」

二度めの突きを竜は予想していた。からだをかわすのと一連の動きでしっぽをしならせた。しっぽはジェリーをおそった。突きでジェリーのからだはのびている。剣と楯でふせごうとした。が、しっぽは重く強烈だった。ジェリーははじきとばされ、たおれていたロッカーにはげしくぶつかった。

「ああっ！」

耳もとで優樹の悲鳴。

ジェリーは動かない。だが竜のほうも動きをとめた。そしてゆっくりしっぽを動かした。ちょうどジェリーを打ったあたりで、しっぽがきみょうに折れまがる。ジェリーがブロックしようとしたとき、剣と楯をかさねるようにしていた。その剣でしっぽを傷つけたのにちがいなかった。

竜はジェリーのようすをたしかめながら、ゆっくりと近づいた。ジェリーがぴくりと動いて、竜は立ちどまった。竜の呼吸音がとまった。そして頭をうしろにひいた。

火を吹いて焼き殺すつもりだ。そう思ったらもうあとさきのことも考えられず、ぼくはそこにころがっていたセロハンテープカッターをつかんで、竜めがけて投げていた。

テープカッターは竜の背中にあたり、はねあがって、まだ無事だった天井の蛍光灯を割った。竜はゆっくりこちらを見た。そのときジェリーがよろよろと起きあがろうとした。竜はジェリーにむきなおって、頭をひいた。ぼくは投げるものを目でさがした。が、それよりはやく、優樹が割れた花びんを投げていた。

　それからあとは手あたりしだいだった。そのあたりにあるものを、ぼくと優樹は投げまくった。本立て、箱、ペン立て、水槽、はさみ……。国語辞典を投げながら優樹はいった。

「ヤッちゃん、竜が見えてるんやな！」

「そんなことゆうてる場合やないやろ！」

先生の体育館シューズを投げながら、ぼくはこたえた。

竜はジェリーを火あぶりにしようとしては、ぼくたちの投げるものに気をそがれた。そのあいだに、ジェリーはロッカーにもたれながら、ようやく立ちあがった。片手はわき腹をおさえている。剣も楯もない。

「ジェリー、はよ逃げ！」

　優樹は鉛筆を投げた。そんなものが竜にきくか？　しかしまわりにあるものは、あらかた投げてしまった。なんとか竜の注意をこちらにそらせておきたかった。優樹は消しゴムまで投げている。ぼくはやけくそで、いすを投げた。

このいすの脚のさきがまた、これ以上はないというところにあたった。翼がぶらさがった傷口だ。竜は大きく口をあけ、きしむような声をだした。つぎの瞬間、こちらをむいて、頭をひいた。

投げるものをさがしていたのでその動きに気づいていない優樹の頭をかかえ、ぼくは先生の机の下にもぐりこんだ。

「目ぇつぶれ！」

さけびながら、ぼくもぎゅっと目をとじた。そんな場合ではないのに、ポケットのこしょうのびんが痛かった。

ぶわっと熱につつまれた。熱い！　思わず息をとめる。

そっと目をあけると、まわりは黒くすすでよごれ、ちらばった紙くずが燃えている。あわててふみけす。息ぐるしくて吸いこんだ空気は強烈なマッチのにおい。あちこちで煙があがっている。

「ユッキ、だいじょうぶか？」

優樹はがくがくとうなずいた。

机のはしからそっとのぞくと、竜はすぐそこにいた。頭で机といすをのけようとしている。ぼくたちをやっつけようと思っているのだ。竜の鼻先に白い煙が床からたちのぼっている。消しゴムかなにかがくすぶっているらしい。その煙が竜の鼻の穴に吸いこまれる。とたんに、竜がくしゃみをした。

竜がくしゃみ……!?

ポケットのこしょうのびんが痛い。

こしょうのびん……!?

こしょうのびん!

ぼくはポケットからこしょうのびんを出した。カバーのビニールをはずし、ふたをあけ、中ぶたもはずした。そして優樹にたのんだ。

「なんでもええから投げて、竜をおこらせてくれ。」

「そんなことしたら、火ぃ吹きよるで。」

「火ぃ吹かせるねん。」

だいじょうぶかという目をしながらも、優樹はいすをひきよせた。

「ええか?」

優樹はうなずいた。

「それっ！」

ぼくたちは立ちあがった。優樹はいすを投げつけた。いすは竜の胸にあたり、竜は怒りの声をあげ、頭をうしろにひいた。そして口をあけ、頭をこちらにふりだすようにする瞬間、ぼくはこしょうのびんを竜の口めがけて投げつけた。

びんはこしょうの粉をふりまきながらとんだ。それに気をとられた竜は、そのびんにむかって火を吹き、びんから身をかわした。空中のこしょうの粉は炎で焼かれ、煙になった。炎を吹きおわった竜は、その煙を思いきり吸いこんだ。いや、煙になっていないこしょうの粉も吸いこんだと思う。

竜はすさまじい声をあげた。悲鳴と、くしゃみと、せきこみのまじった声だった。

グェック、ゲッ、ゲッ、グェッ、グェッ、ガヘッ、ガヘック、グェヘック、グワハック、グヘッ、グヘッ、グァッアッアッ……。

声といっしょに炎も吐いた。ぼくと優樹はだきあって小さくなっていた。

とつぜん、声がしなくなった。

ぼくたちは先生の机のかげから顔をだした。たおれた竜の胸から、ジェリーが剣をひきぬくところだった。

　青紫の竜の血が傷口から吹きだすのといっしょに、その血も竜の姿も急速にうすれていき、それとともに、なにもかもがもとにもどっていった。くずれ、穴があいていた天井や壁がみるまにもとの天井や壁になり、ばらばらにちらかり積みかさなっていた机やいすが、二つ三つを残してほとんど、前とおなじに整然とならび、ほこりと煙がたちこめていた空気が、すきとおっていった。

　ぼくと優樹は先生の机のうしろでおたがいにささえあって立っていて、ジェリーは教室のうしろのほうで剣を竜からひきぬいたかっこうのまま、じっとしていた。ひたいにもどこにも、血などついていなかった。ただ夕焼けの光が、教室を赤っぽくしているだけだった。


「手ごわい相手だった。」


　ジェリーはそうつぶやいて、今はもう演劇の小道具としか思えない安っぽい剣をさやにおさめ、たおれていた机といすをならべ、ころがっていた楯をひろった。楯のほうはちぎれていた。

「ヤッちゃん、これ、どういうこと?」

優樹がひとりごとのようにいった。

ぼくの頭のかすかに残っている冷静な部分は、これはすべてジェリーの天才的な演技がぼくたちに幻を見せたのではないか、といっていた。だがその部分以外のからだじゅうの細胞は、今あったことを幻とは感じていなかった。

ジェリーは黒板の前にぬぎすてていたマントをひろいあげてはおると、ぼくたちを見てにっこり笑った。

「きみらがたすけてくれへんかったら、やられてたなあ。ありがとう。あの最後に投げたんは、なんやったん？」

「こしょう、です。」

ぼくがこたえると、ジェリーはふきだした。

「こしょう？　そんな落語があったなあ。」

大笑いして、「いててて……。」と、わき腹をおさえた。

ぼくはみょうな気分だった。竜は消えた。教室はもとのまま。花びんもちゃんと割れずにあるし、蛍光灯も窓ガラスもきちんとしている。だのに楯はつぶれていて、ジェリーはわき腹が痛いらしい。

はっと思いあたって、ズボンのポケットをさぐった。

こしょうのびんは、なくなっていた。

*

これが、そのときにあったことのすべてだ。

そのあと、ぼくたちはジェリーとわかれ、学校を出た。

「つまり、こしょう抜きの目玉焼きになったわけか……。」

と、ぼくがつぶやくと、優樹がいった。

「こしょうやったら、うちにあるで。」

こしょうといっしょに、優樹もうちにきた。そしてふたりで晩ごはんをつくって食べた。つくったのは目玉焼きだけだ。あとはあったもの、ひじきと豆の煮たの、だいこんのつけもの、いかなごのくぎ煮、それに解凍したごはんだ。いっしょに食事をするのはずいぶんひさしぶりで、ぼくはなんだか、てれくさかった。

食べながら優樹は、どうしてぼくがこしょうのびんを投げることを思いついたのかたずねた。ぼくはこたえた。

　こしょうの粉をくすべた煙でくしゃみをさせようとする落語がある。〈くしゃみ講釈〉という話だ。ぼくの父が落語好きで、ぼくもしょっちゅうビデオやCDにつきあっているから知っていたのだ。落語ではこしょうがないので唐辛子にするのだが、うちにはこしょうがあったので実験してみた。四年生のころの話だ。なるほどすごい煙が出た。父のせきがとまらなくなって、しかられた。そういうことがあったから思いついたのだった。


　つぎの日、宿題のプリントを出すとき、おどろいたことに優樹が提出した。

森先生は優樹のプリントを見て、まずまゆをひきあげ、それから首をひねった。そしてなにかいいたそうに優樹を見たが、いうのはやめた。きっと優樹がまじめな顔をしていたからだろう。

　あとできいたら、思ったとおりだった。

――わたしは竜退治の騎士になります。

――そのために、トイレのスリッパをそろえます。

と、書いたのだそうだ。

ついでにいうと、ぼくはアニメ映画をつくる人になる、と書いた。そのためにいろんな絵やアイデアを書きとめておいたり、本を読んだりする、と。

その日の観劇会では、ジェリーは竜退治の騎士にあこがれる男という役で出演していた。思ったとおり、「きみたちが竜でないことは、その足音でわかっていたよ。」などというせりふがあった。

こしょうのびんは、それから四か月あとで出てきた。卒業式の前日の大そうじで、ロッカーを動かすと、うしろにころがっていたのだ。

ぼくはそれをそっとポケットにいれた。

今これを書いている机のひきだしにはいっているびんが、それだ。

それから竜のことだけど、あのあとぼくたちも、ジェリーのときとおなじで、学校がいい感じのところになったような気がした。そのときは、竜を退治したからそうなったのだと思っていた。つまり竜に学校のいやなことがつまっていて、それをやっつけたのだ、と。

けれど今はこう考えている。あの日、ジェリーが退治したのは、ぼくと優樹のとげとげしたところ、よそよそしいところでできあがっていた竜なのではないか。ぼくと優樹があの教室に行ったからあらわれた竜なのではないか、と。

そう考えたきっかけは、ジェリーのつかった〈世間話〉ということばだ。あとから何度もあの日のことを思いだしているうちに気がついた。

――世間話でもしながら待ってたら、おこって出てきよんねん。

と、ジェリーはいった。世間話はひとりではできない。つまり、ジェリーひとりが待っていても竜はあらわれないのだ。ぼくたちがいたからあらわれたとすれば、それはぼくたちの竜だったのではないか。そう思うのだ。

ほんとうのところはわからないけれど。

あれから、十五年たった。

ぼくは本屋さんに勤めている。ヨットやだんろ、大きな犬、ふくろうとは関係なくくらしている。でもいつか、だんろのある家で大きな犬を飼うかもしれない。それはわからない。いつかアニメ映画になるかもしれない物語は、考えている。もちろんアニメ映画にはならないかもしれない。それはそれでいい。物語を考えるのは楽しい。

優樹とはときどき会う。

優樹は小さな劇団で役者をしている。

このあいだも招待券をくれたので、みにいった。劇がおわったあと、ささやかな花束をとどけようと楽屋へ行くと、ちょうど優樹が出てきた。

「はい、主演女優賞。」

と、花束をわたすと、優樹はにっこり笑った。

小学生のときは男の子みたいだったのに。

ぼくはたずねた。

「で、どう？　竜退治の騎士に、なれたん？」

優樹は、

「ぼちぼち、ね。」

と、こたえた。

わるくない答えだ、とぼくは思った。

ムシャノコウジガワさんの鼻(はな)と友情(ゆうじょう)

二宮由紀子(にのみやゆきこ)

1 最初に話し合いがおこなわれる

むかしむかし、あるところに、とっても大きな鼻をもった人がいました。あんまり大きくて重いので、その人が一歩ずつ歩くたびに、前の地面にめりこんで大きなあながあくほどでした。

かわいそうなことに、その人は、あんまり力もちではありませんでした。それで、あなから鼻をもちあげるのには、とっても時間がかかりました。そのうえ、ようやく鼻をもちあげてからも、つぎの一歩を歩こうとするたびに、よろよろよろけてしまっては、いつも、足もとにあいている大きなあなに落ちるのでした。

そして、落ちたらもう最後、自分ではけっして自分のからだを、その鼻ごともちあげることができませんでしたので、町の人たちは、その人のさけび声を聞くたびに、いそいでみんなで走っていっては、全員の力を合わせて、その人をあなからひっぱりあげてやらなくてはなりませんでした。

もちろん、中には耳が遠かったり、ちょうどそのときにかぎって野原でピクニック中の人もいました。それで、町では、ちゃんと全員がいそいで走っていけるように、広場に大きな鐘をぶらさげていました。

その鐘は「ムシャノコウジガワさんの鐘」とよばれていて（いいわすれていましたが、この大きな鼻をもったかわいそうな人の名前は、ムシャノコウジガワさんというのです）、「ムシャノコウジガワさんの鐘当番」の人がこの鐘を打ち鳴らすと、ものすごく暗い不吉な感じの音が、こだまとなって町中に鳴りひびくので、それで町の人はみんな、耳の遠い人も、野原でピクニック中の人も、ああ、ムシャノコウジガワさんがあなに落ちたんだな、ということがわかるのでした。

けれども、そんなある日のことです。とうとう、ひとりの人がいいだしました。

「ムシャノコウジガワさんがあなに落ちるたびに、あなからひっぱりあげに走っていくのは、めんどうだな」

この人は、けっしてわるい人ではなかったし、べつにムシャノコウジガワさんとけんかをしていたわけでもなかったのです。ただ、この人は、みんなよりもちょっとばかり町のはずれに住んでいたので、ムシャノコウジガワさんがあなに落ちるたびに、いちいちムシャノコウジガワさんのところまで走っていくのが、いやになってしまったのですね。

それに、この日は、とてもいいお天気だったので、ムシャノコウジガワさんは朝から散歩に出かけていて、じつをいうと、もう五十四回も「ムシャノコウジガワさんの鐘」が鳴りひびいていました。

それで、もうひとりの人もいいました。

「そうそう、ムシャノコウジガワさんがあなに落ちるたびにいそいで走っていくのって、けっこうたいへんなんだからさ」

ええ、ええ、もちろん、この人だって、けっしてわるい人ではなかったし、ムシャノコウジガワさんとけんかをしたわけでもなかったのです。でも、ただ、この人の場合は、みんなよりもちょっとばかり太っていたので、いそいで走っていくたびに、みんなよりもちょっとばかり多めに汗をかいてしまうわけなのです。そして、汗でべとべとになったシャツが、パリッとかわいたシャツよりも着ていて気もちがよくないことは、みなさんもよくごぞんじでしょう。

それで、その太った人はいいました。

「どうだろう、みんながこんなふうに、一日に何回もムシャノコウジガワさんのところに走っていかずにすむために、ムシャノコウジガワさんはもう、あなに落ちないよう、歩いてはいけないということにしたら？」

「わしは、反対だな」

と、すぐにいったのは、クリーニング屋さんでした。だって、その太った人が一日に何回もムシャノコウジガワさんのところに走っていっては、いっぱい汗をかいてくれるからこそ、クリーニング屋さんの商売は、うまくもうかっているのです。

　クリーニング屋さんは、口をとがらせていいました。

「ムシャノコウジガワさんに歩いてはいけないなんていうのは、かわいそうだよ」

「そうとも。きみは、なんてことをいうんだ。ムシャノコウジガワさんだって、わしらとおなじように、すきなようにすきなところを歩きまわる権利があるんだ」

　そういったのは、薬屋さんでした。この人は、ムシャノコウジガワさんがいつもティッシュペーパーをいっぱい買ってくれるので、ムシャノコウジガワさんのことが大すきだったのです。

「でも、歩きまわるっていったって、ムシャノコウジガワさんの場合、歩くたびに、自分の鼻で作ったあなに落っこちて、みんなにひっぱりあげてもらってるわけですものね」

「そう、いまだって、すきなようにすきなところを歩きまわっているとは、とてもいえませんわ」

「ああ、おきのどくなムシャノコウジガワさん」

と、ムシャノコウジガワさんに同情してなみだを流す女の人たちもいました。

それを聞いて、

「いっそ、あの大きな鼻をはさみで切り落とすことにしたら？　それなら、もうムシャノコウジガワさんも自分ですきなように歩きまわれるから、本人のためにもいいし、わしらも、ムシャノコウジガワさんがあなに落ちるたび、みんなでムシャノコウジガワさんのところへ走っていかずにすむ」

そういいだしたのは、床屋さんでした。

でも、もちろん、この意見には、クリーニング屋さんも、薬屋さんも反対でした。

「そんな大きなはさみなんて、どこの町にも売ってませんよ」

と、薬屋さんは、大きな声でいいましたが、

「いやいや、自分は、むかし、エジプトのカイロへ旅行したときに、ラクダのコブをはさみでちょんぎるところを見たことがあるぞ。それはそれは大きなラクダのコブを、それも

三ダースもつづけざまにちょんぎったのだから、あのはさみがあれば、クジラのしっぽだろうが、ムシャノコウジガワさんの鼻だろうが、かんたんにちょんぎることができるだろうよ」

町でいちばんの物知りとじまんしている男がいいましたので、それで、町の人たちは、ムシャノコウジガワさんの鼻をちょんぎってあげるのがいいのか、それとも、鼻はそのままにして、ムシャノコウジガワさんをもう歩かせないようにするのがいいのかで、熱心に話し合いをはじめました。

あんまり熱心に話し合っていたので、散歩をつづけていたムシャノコウジガワさんが、その日五十五個めのあなに落ちて、五十五回めのさけび声をあげたときも、みんな、議論に熱中していて、だれもムシャノコウジガワさんのさけび声には気づきませんでした。

2 町の人たちはムシャノコウジガワさんの意見をまつ

さて、ムシャノコウジガワさんの鼻をちょんぎるべきか、それとも、鼻はそのままにして、ムシャノコウジガワさんをもう歩かせないようにするべきかの問題をめぐる、町の人たちの熱心な話し合いは、もう三時間半もつづき、それでも、なかなか結論が出ませんでした。

それで、とうとう町の人たちは、みんなでムシャノコウジガワさんのところへ行って、ムシャノコウジガワさん本人の意見も聞いてみることにしました。

「ムシャノコウジガワさん、ムシャノコウジガワさん」

町の人たちは、その日の五十五個めのあなの底にいるムシャノコウジガワさんのところへ行って、よびかけました。

「みんなで、あなたの鼻をちょんぎるべきか、それとも、鼻はそのままにして、あなたがもう歩かないようにするかの話し合いをしたのですが、なかなか結論が出ないので、こんどはひとつ、あなたの意見も聞いてみようと思って、わたしたち、みんなでやってきたんです」

「そんなことより、先に、このわたしをひっぱりあげてくれ」

あなの底にいるムシャノコウジガワさんは、ふきげんにいいました。

それで、みんなは、しかたなく話し合いに結論を出すのは後まわしにして、ムシャノコウジガワさんとムシャノコウジガワさんの鼻を、全員で力を合わせて、あなからひっぱりあげました。

「だから、こんな重い鼻なんか、ちょんぎってしまったほうがいいんだ」

床屋さんが、ぶつぶつもんくをいいましたが、薬屋さんはだまっていました。

というのも、いまさっき、うっかりしてムシャノコウジガワさんの鼻が作った五十四個めのあなに足をすべらせてしまったので、まわりの人たちにひっぱりあげてもらっている最中だったのです（薬屋さんの鼻はそれほど大きくなかったので、町の人たち全員の力を合わせなくても、ひっぱりあげることができました）。

それで、薬屋さんが地上にもどって、太った人も顔や首の汗をふいて、なんとか全員が落ちついたところで、みんなを代表して魚屋さんが、それまでの話し合いを説明しました。

　そして、ムシャノコウジガワさんがもう歩かないことにするのか、それとも、鼻をはさみでちょんぎるのか、ムシャノコウジガワさんにも意見をいわせることにしたのですが、

「……」

　ムシャノコウジガワさんは、じっと口をへの字につぐんだまま、だまっていました。

　さっき、自分が五十五個めのあなに落ちたとき、町の人たちがすぐにたすけにきてくれなかったことで、まだ、すねてふくれていたのですね。

　それで、

「ムシャノコウジガワさん、自分の意見をちゃんといわないのは、よくないよ」

と、魚屋さんがいいました。魚屋さんは、ムシャノコウジガワさんが小学生だったとき、おなじクラスで学級委員をしていたので、ムシャノコウジガワさんが、すぐにすねてふくれる性格なのをよく知っていました。

「そうよ。わたしたち、あなたの意見をまっているのよ」

　そういったのは、時計屋さんでした。時計屋さんは、そのクラスの女子の学級委員だっ

たのです。

だれも知らないことでしたが、この時計屋さんは、ムシャノコウジガワさんの「初恋の人」でした。それで、すねてふくれていたムシャノコウジガワさんも、これはどうしたって返事をしないわけにはいかない、と思いました。

けれど、そう思えば思うほど、ムシャノコウジガワさんはあかくなって、もじもじして、なにをなんと返事したらいいか、わからなくなってしまうばかりです。

でも、だまっているばかりでは、おかしな人、と思われて、きらわれてしまうかもしれません。

それで、ムシャノコウジガワさんは、からだ中の勇気をふりしぼって、

「……あの……きょうは、いいお天気ですね……」

と、いいました。

けれど、不幸なことに、その声は、時計屋さんの耳にはとどきませんでした。ムシャノコウジガワさんの声よりも鼻のほうがずっと大きかったので、声は鼻の後ろで、かくれてしまったわけなのです。

それで、町の人たちはみんな、もうこれ以上、ムシャノコウジガワさんが意見をいう

のをまっていてもしかたがない、ムシャノコウジガワさんにはきっと、この問題にかんしての意見はないんだ、と考えました。

3 ここで新しい提案がもちだされる

「では、この問題は、全員の投票で決めることにしよう」

魚屋さんがいいました。

「ムシャノコウジガワさんは、もう歩かないことにするか、それとも、鼻をはさみでちょんぎるか」

「それとも」

と、クリーニング屋さんがいそいでいいました。

「ムシャノコウジガワさんは、いまのままでいい、か」

それで、投票用の紙とえんぴつが、その場で町の人たち全員にくばられることになりました。ちょうどいいことに、ムシャノコウジガワさんがその日の五十五個めのあなに落ちた場所は、文房具屋さんのすぐ前だったのです。

ただし、この文房具屋さんでは、投票箱は売っていませんでしたので、交番のおまわりさんが、かぶっていたぼうしをぬいで、投票箱のかわりにすることにしました。

でも、じつをいうと、このことは、おまわりさんにとっては、なかなか勇気のいることでした。というのも、このおまわりさんの頭には、てっぺんに小さくてまるいハゲがあって、このおまわりさんは、そのハゲのことを、それはそれは気にやんでいたのですね。

それで、どんな日もどんなときも、ぼうしをきちんとかぶっていました。そして、そんなことをしている人は、この町の人たちの中で、おまわりさんだけだったので、この日、かぶっているぼうしをぬいで投票箱のかわりにすることのできる人も、たまたま、おまわりさんだけだったというわけなのです。

それで、おまわりさんが、ぎゅっと目をつぶりながら、思いきって頭のぼうしに手をかけたとたん、

「ちょっとまった」

と、とつぜん、大きな声がしました。声は、小学校の体育の先生でした。

「いま、名案を思いついたぞ」

「名案ですって?」

おまわりさんは、頭のぼうしをしっかりとかぶりなおしながら、

「いったい、どんな名案ですか？」

目をかがやかせて、体育の先生のほうを見ました。

「うん」

と、体育の先生はいったのですが、そのとたん、後ろのほうでザワザワしている小学生たちをみつけたので、いそいで先生らしく姿勢を正して、

「はい、みなさん、しずかにしてぇー」

と、いいました。それから、

「えへん」

と、せきばらいして、

「はい、では、みなさん、これから、わたしの話すことをよーく聞いて考えてみてください。ムシャノコウジガワさんがあなに落ちるたびに、みんなで走っていかなければならないのは、なぜでしょう？　はい、わかりますね。かんたんですね。それは、このムシャノコウジガワさんに、ひとりであなからあがるだけの腕の力がないせいです。だから、えへん、このわたしが、ムシャノコウジガワさんに体操を教えて、ムシャノコウジガワさ

んがひとりであなからあがれるように、腕の力をつけさせるというのはどうでしょう？」

「さんせい。さんせい」

と、おまわりさんはさけびました。

が、

「しつもん。しつもん」

と、クリーニング屋さんがいいました。

「あなたも、ムシャノコウジガワさんといっしょに体操をするんですか？」

もしも体育の先生がムシャノコウジガワさんとふたりでいっしょに体操をして汗をかくなら、汗をかく人ふたり分のシャツがふえて、太った人ひとり分のシャツがへっても、店の商売はもうかるかな、と考えたのです。

「もちろん」

と、すぐ、先生はこたえましたので、

「そりゃ、名案だ」

と、クリーニング屋さんは、大きな声でいいました。

「これで決まった」

と、おまわりさんも、にこにこしながらいいましたが、

「いやいや、ここは、ともかく、民主主義のルールにのっとって、みんなで投票して決めることにしようじゃないか」

と、魚屋さんはいいました。せっかく投票の紙をくばったのに、それをむだにするのはいやだったからです。

文房具屋さんも、魚屋さんといっしょに、町の人の人数をまちがえないように二回も数えたことを思い出して、すぐさま、その意見にさんせいしました。それで、町の人たち全員による投票が、いよいよおこなわれることになりました。

4 町の人たち全員の投票が終了する

さて、薬屋さんも、クリーニング屋さんも、時計屋さんも、魚屋さんも、文房具屋さんも、小学校の体育の先生も、後ろでザワザワしていた小学生たちも、全員投票をしたところで、みんなは、まだ投票箱に投票の紙を入れていない人がふたりいることに気づきました。

ひとりはムシャノコウジガワさんでしたので、みんなは、ムシャノコウジガワさんがえんぴつをおくやいなや、いそいでムシャノコウジガワさんの手から投票の紙をとりあげました。ムシャノコウジガワさんが投票箱のところまで歩くとちゅうで、また鼻を前の地面にめりこませて、そのあなに落ちるのを、わざわざみんなでまっている必要はない、と考えたからです。

そして、もうひとりの人は、おまわりさんでした。おまわりさんは、自分のぼうしをぬいだ頭のことばかり考えていたので、ぼうしのほうのことについては、ついうっかり考えるのをわすれていたわけなのですね。

おまわりさんは、大いそぎで投票をすませました。それで、町の人全員が投票をしたことになったので、みんなは、ぱちぱちと手をたたきました。

時計屋さんも、にこにこしながら、おまわりさんのほうを見て、ぱちぱち手をたたいたので、ムシャノコウジガワさんは、

「おまわりさんだけ、時計屋さんに手をたたいてもらえるなんて、ずるい。投票の主役は自分なのに……。なんとか時計屋さんに、投票の主役がだれだったのか思い出してもらわなければ」

と考えました。

ムシャノコウジガワさんは、はりきってころび、それから、わざとよろめいて、大きな声をあげながら、自分の鼻で作ったその日五十六個めのあなに落ちました。

こんどは、さっきとちがって、すぐにみんなが（時計屋さんも）かけつけて、ムシャノコウジガワさんをあなからひっぱりあげてくれましたので、ムシャノコウジガワさんはうれしくなって、それで、時計屋さんがおまわりさんのことを見たことも、それから投票のときに、みんなが自分の投票の紙をとりあげて、投票箱に入れさせてくれなかったこ

とも、とくべつにゆるしてあげることに決めました。

5 いよいよ投票の結果発表の時間が近づく

ところが、ムシャノコウジガワさんがにこにこしながらあなからあがってきたのを見て、

「ああ、なんということだ！　わたしはたいせつな役目をはたさなかった！　いったい、どうしたらいいだろう！」

と、さけびだした人がいたのです。

それは、その日の「ムシャノコウジガワさんの鐘当番」のパン屋さんでした。「わたしは『ムシャノコウジガワさんの鐘』を鳴らさなかったのに、みんなは、もうムシャノコウジガワさんをひっぱりあげてしまった。いまの五十六回めも、さっきの五十五回めも！ああ、どうしよう、もうとりかえしがつかない！」

パン屋さんは、ムシャノコウジガワさんの五十六個めのあなに飛びこんで自殺しようとしました。

が、あぶないところで、まわりの人たちに腕をつかまれ、あなからひっぱりあげられました。

「はなしてください。わたしは町のみなさんに死んでおわびを……」

パン屋さんは、泣きながらさけびました。

「いやいや、そんな必要はない。あなたはもう、その前に五十四回も、きちんとお役目をはたされたのだから」

と、みんなは口々になぐさめたのですが、

「いやいや、そうかんたんにかたづけてもらっては、こまりますぞ。たしかに、町の規則がまもられなかったのは、大きな問題だ」

と、町役場の人たちは、むずかしい顔をしていいました。

「では、いまから鳴らすことにしたら、どうです？」

と、床屋さんがいったので、町役場の人たちも、むずかしい顔をよせ合って相談した結果、それなら、ムシャノコウジガワさんがあなに落ちた回数と、「ムシャノコウジガワさんの鐘」の鳴った回数の記録が合うので、問題はない、ということになりました。

「ばんざい、ばんざい」

みんなは歓声をあげて、パン屋さんをとりかこみました。

「ありがとう、みなさん、ありがとう！　おれいに、あすから三日間、チョコレートパンを大安売り！」

パン屋さんはさけぶと、大いそぎで広場に走っていって、「ムシャノコウジガワさんの鐘」をしっかり二回分、打ち鳴らしました。ついでに店にも走っていって、町の人たちみんなに、レーズンパンとカップケーキとシナモン入りのドーナツをくばりましたので、投票の結果を発表するのは、みんなでそれを食べてから、ということになりました。

6　ムシャノコウジガワさんも投票の結果にしたがうことになる

そしていよいよ、

「では、投票の結果を発表します」

と、魚屋さんがいったのですが、そのとたん、またちょっとしたできごとがおこりました。それは、投票箱になっていた、あのおまわりさんのぼうしと関係のあるできごとでした。

というのは、おまわりさんはもう、シナモン入りのドーナツを食べているときに、ぼうしを返してもらっていたのですが、あんまりシナモン入りのドーナツがおいしかったので、つい食べることのほうにむちゅうになって、ぼうしと頭のほうのことについては、うっかりわすれていたわけなのです。

ぼうしは、ふいてきた風に飛ばされ、ころころころがって、ムシャノコウジガワさんの作った五十六個めのあなに落ちました。町の人たちはみんな、大いそぎでぼうしをひろいあげようとしたのですが、それは、なかなかむずかしいことでした。

なぜって、ムシャノコウジガワさんの五十六個めのあなは、ムシャノコウジガワさんがわざと力をこめてたおれこんだために、とても深くできていたうえに、ぼうしは、ムシャノコウジガワさんのように手をあげて、みんなにひっぱりあげてもらうことをしなかったからです（これはべつに、おまわりさんのぼうしが、ムシャノコウジガワさんのあなに落とされたことで、すねてふくれていたからではありません。ただ、ぼうしというものは、ふつう、手をあげて、だれかにひっぱりあげてもらうということをあまりしないものなのです）。

それで、けっきょく、おまわりさんは、もう一個シナモン入りのドーナツをもらうかわりに、ぼうしはあきらめることになって（ついでに、もうハゲのことも、自分以外の人はぜんぜん気がついてもいないことがわかって）、とうとう、まちにまった投票の結果が発表されました。

投票の結果は、「ムシャノコウジガワさんは歩かないことにする」が一票、「ムシャノコウジガワさんは鼻をはさみでちょんぎる」が一票、「ムシャノコウジガワさんは体操をして腕の力をつける」が三十九票、「ムシャノコウジガワさんはいまのままでいい」が三票でした。

「結果は以上のとおりです」

と、魚屋さんは、重々しくいいました。

「ムシャノコウジガワさんは体操をして腕の力をつけることに決まりました。じゃあ、いいですね、ムシャノコウジガワさん」

「……はい」

と、ムシャノコウジガワさんは、しかたなくこたえました。

じつをいうと、ムシャノコウジガワさんは自分では、「ムシャノコウジガワさんはいまのままでいい」に投票したのです。ムシャノコウジガワさんは、たいへんななまけものだったので、おとなになってまで体操の授業を受けさせられるなんて、とんでもない、と思っていました。

けれども、ともかく、町の人みんなの投票で、ムシャノコウジガワさんは体操をして腕の力をつけることに決まったので、つぎの日からさっそく、ムシャノコウジガワさんの体操の授業は、はじめられることになりました。

7　ムシャノコウジガワさんと体育の先生は砂場前で集合する

「最初の体操の授業は、まず鉄棒からはじめます」

と、体育の先生は、ムシャノコウジガワさんにいいました。

「ちょうど小学校は夏休みで、じゃまな子どもたちもいないから、朝から夕方まで、みっちりと、ムシャノコウジガワさんを教えてあげることができますよ。では、あしたの朝七時半、運動場の砂場前で集合です。わかりましたね」

「はい」

と、ムシャノコウジガワさんは、いやいや、小さい声でこたえましたが、そのつぎの日の朝、ムシャノコウジガワさんと先生が小学校の運動場の砂場前に集合したのは、六時でした。

というのも、この体育の先生は、ちこくした生徒に運動場十周のランニングをさせることで有名だったからです。そして、町の人たちはみんな（体育の先生もふくめて）、ムシャノコウジガワさんに運動場十周のランニングなんかされてはたまらない、と思っていました。

そこで、みんなは早おきをして、ムシャノコウジガワさんをたたきおこし、むりやり小学校までムシャノコウジガワさんとムシャノコウジガワさんの鼻をかついでつれてきたわけなのですが、それで、ムシャノコウジガワさんとムシャノコウジガワさんの鼻が、苦労しながらようやく小学校の校門をくぐり、運動場のはしっこにある砂場の鉄棒のそばまできたとたん、町の人たちはみんな（体育の先生もふくめて）、ムシャノコウジガワさんに鉄棒を教えるなんて、とてもむりだということがわかりました。

だって、ムシャノコウジガワさんは、鼻が鉄棒につっかえたまま、もうそれ以上はぜったいに、鉄棒のそばへ行けなかったからです。どんなに腕をのばしたって、ムシャノコウジガワさんには、はるか前のほうにある鉄棒をにぎるのはもちろん、さわることさえできませんでした。

町の人たちはみんな（こんどは体育の先生はふくめずに）、自分たちがこんなに努力してムシャノコウジガワさんをつれてきたのに、鉄棒をにぎることも教えられないなんて、体育の先生はインチキだと、さわぎだしました。

そして全員、ぷりぷりおこって帰っていってしまいました。ちょうどパン屋さんの店が開く時間だったからです。

ムシャノコウジガワさんは、自分もみんなといっしょにパン屋さんに行って、チョコレートパンの大安売りの行列にならぶ、といいました。

が、先生は、きびしい声で、

「だめです」

と、いいました。

「ムシャノコウジガワさんは、体操の授業がおわってからですよ」

じつは、この体育の先生は、チョコレートパンよりも、カレーパンのほうがすきだったのです。そして、カレーパンは、きょうも、いつもの日とまったくおなじ百三十円なのでした。

けれど、ムシャノコウジガワさんは、カレーパンなんかよりもチョコレートパンのほうがすきでした。みんなはチョコレートパンを買いに行くのに、自分だけ、こんなところで小学校の先生と体操をしなければならないと思うと、ムシャノコウジガワさんは、くやしくてたまりません。

それで、

「そんなのは『ふこうへい』というものです。自分は、ぜったいに、そんな『ふこうへい』はみとめないぞ」

と、いったのですが、そのとたんに足をすべらせてころんでしまい、砂場に鼻をめりこませて動けなくなりました。

8　ムシャノコウジガワさんが顔を地面に出すことに成功する

砂場にうつぶせになったムシャノコウジガワさんを見て、体育の先生は、

「これはチャンス！」

と、思いました。ムシャノコウジガワさんのこの姿勢は、じつは、腕立てふせを教えるのにぴったりなのです。

それで、ムシャノコウジガワさんの肩に、がっしりと手をおくと、

「さあ、ムシャノコウジガワさん、いいですね。これから、腕立てふせの練習をしましょう。腕立てふせをするのにたいせつなことは、三つあります。一つは、からだをまっすぐにすること」

そういいながら、先生は、ムシャノコウジガワさんのうつぶせになったからだを、まっすぐにのばしました。

「二つめは、手の位置です。耳のま横で、肩のはばくらいに広げて、地面につけること」

先生は、ムシャノコウジガワさんの両方の手をひっぱって、耳のま横で、肩のはばくらいに広げました。

「三つめは、足を動かさないこと」

先生は、ムシャノコウジガワさんの足首をしっかりとおさえました。

そして、にこにこしながら、やさしい声で、

「さあ、では、ムシャノコウジガワさん。ゆっくり頭をもちあげてみましょう」

と、いったのですが、ムシャノコウジガワさんは、すっかりすねてふくれていて、下をむいて鼻を砂にうずめたきり、ぴくりとも動こうとしないのでした。

先生は、ためいきをつき、砂場のすみにころがっている小さな赤いスコップを見ながら、

「これなら、あのスコップに腕立てふせを教えるほうが、よっぽど『教えがい』があるかもしれない」

と、思いました。

でも、よく考えたら、スコップは砂の上にあるのにたいして、ムシャノコウジガワさんのほうは、砂の下に鼻があります。

「そうだな。それは、ムシャノコウジガワさんに『ふこうへい』というものかもしれない」

そう思った先生は、

「じゃあ、ムシャノコウジガワさん。わたしがせめてムシャノコウジガワさんの鼻を砂の上に出してあげますから、そうしたら、そのあとはムシャノコウジガワさんが、自分で頭をもちあげるんですよ」

というと、その赤いスコップをもって、砂場の砂をすくいだしはじめました。

見たところ、スコップはかなり小さく、また、砂場の砂は、かなりたくさんあるようでした。

けれど、この体育の先生は、いつも、自分のクラスの子どもたちに、

「ちょっとのことではへこたれない、がまん強い性格になりなさい」

と、教えていました。

それで、

「自分は、ぜったいにへこたれないぞ」

と思って、がんばってつづけていましたが、七十四回めにスコップで砂をすくいだしたときに、ふと、

「自分は、自分でいままで思っていたほど、がまん強い性格ではなかったのでは？」

と、思いました。

そして、八十一回めにすくいだしたときには、自分はもともと子どものころから、そんなにがまん強い性格ではなかったことを思い出しました。小学生のとき、柔道の「うけみ」の練習なら、いつも、だれよりもがんばってつづけられたのですが、分数の計算問題の練習では、いつも、だれよりも先にへこたれていたのです。

そして、ふと気がつくと、自分の前でムシャノコウジガワさんが、まるで手つだいもしないで、のうのうと、ねそべっているではありませんか。

かっとなった先生は、

「ひとがこんなに働いてるのに、おなじ砂場の中にいながら、のうのうと、ただねそべってるだれかさんのような人もいるんだからな」

と、思わず小声で手の中のスコップにむかっていいました。

悪口の効果はてきめんで、たちまち、ムシャノコウジガワさんは、くしゃみをしました。それで、砂場の砂は全部ふきとばされて、ムシャノコウジガワさんは、ひとりで顔を地面に出すことができました。

9 体育の先生がとなりの村へ行って帰ってくる

「どんなもんだい。体操なんかしなくたって、こんなにうまく鼻を出せたぞ」

と、ムシャノコウジガワさんは、とくいになっていいました。

そして、いまのところを時計屋さんが見ていてくれなかったことを、心からざんねんに思ったのですが、じつは、このムシャノコウジガワさんの活躍は、体育の先生も見ていることはできなかったのです。先生は、ムシャノコウジガワさんのくしゃみで、はねとばされて、そのときは空中を飛んでいる最中だったのですね。

おなじくしゃみで、はねとばされた砂場の砂は、中国の北のほうまで行ってしまい、中国のテレビは、その日の夜おそくまで、このなぞの砂あらしのニュースをつづけました。

けれども、体育の先生は、砂より少し重かったので、砂ほど遠くには飛ばされずに、となりの村のおひゃくしょうさんの牛小屋の屋根に墜落したというわけなのです。

もちろん、体育の先生は、小学生のときから「うけみ」を練習していましたので、墜落してもけが一つしませんでした。ただ、帰り道のよくわからない、そんな遠いところまできてしまったので、帰りは、おひゃくしょうさんのトラクターに乗せてもらわなければなりませんでした。

「おいそがしいのに、ごめいわくをかけてすみません」

と、先生は、おひゃくしょうさんにあやまりました。

「なんの、なんの」

と、親切なおひゃくしょうさんはいいました。

そして、ムシャノコウジガワさんの町までくると、町のパン屋さんで、クリームパンを一つ買って帰りました。チョコレートパンはもう売り切れになっていたし、体育の先生が、

「おれいに」

と、カレーパンをどっさり買ってくれたからです。

おひゃくしょうさんは、カレーパンは苦手だったので、もって帰って、牛と、おくさんと、近所の人たちにあげました。おくさんも、近所の人たちもよろこびましたし、牛もカ

レーパンは気に入ったようでした。

そして、おひゃくしょうさんは、自分ではクリームパンを食べましたが、これもなかなかおいしいあじだと思って、自分の買い物に満足しました。

10 ムシャノコウジガワさんと体育の先生はお昼ごはんを食べる

さて、体育の先生がぶじ、となりの村から帰ってきたので、ムシャノコウジガワさんの体操の授業は、もういちど、はじめからやりなおされることになりました。

「では、授業をはじめます」

と、先生は、運動場のもとは砂場だったところに立ちました。

そして、もういちど、もっと大きな声で、

「えへん、では、授業をはじめます」

と、いったのですが、返事がないので、

「えへん、えへん、では、お昼ごはんにします」

と、さけぶと、ムシャノコウジガワさんも、それでやっと目がさめました。

さっき、先生がどこかへ行ってしまったあと、

「あれ？　じゃあ、先生がもどってくるまでは休み時間か。ま、へたにおきあがって、また、あなに落ちてもいけないしね」

と、考えて、うつぶせの姿勢のまま、「きゅうけい」をしていたのです。

それで、

「……うーん……よく、ねた……」

と、大きくのびをしたムシャノコウジガワさんは、ついでにちらっと先生のほうに目をあげて、

「あ、パン屋さんのふくろ」

と、いいました。そして、目をかがやかせながら、

「さすが先生。どこかへいなくなったと思ったら、授業をぬけだして、ちゃあんとチョコレートパンを買いに行ってたんだ。で、もちろん、わたしの分も、あるんですよね」

と、いったのですが、先生がにこにこしてパン屋さんのふくろからとりだしたものを見ると、

「なんだ、カレーパンか」

といって、わざとらしく、大きなためいきをつきました。

「カレーパンだと、ムシャノコウジガワさんは食べませんか?」

と、先生もわざとつめたくいって、自分だけカレーパンの一口めをゆっくりとかじると、

とたんにカレーのいいにおいがしたので、

「食べるけど」

と、ムシャノコウジガワさんは、すねてふくれるのをやめにして手を出しました。

「そうそう。すききらいをしないで、なんでもしっかりと食べると、強いからだになれるんですよ」

と、先生は、にこにこしていいながら、ムシャノコウジガワさんにカレーパンを一つわたし、自分は二つめのカレーパンを食べはじめました。

「あ、それとムシャノコウジガワさん、食事をするときは、背中をのばした正しい姿勢で……」

と、いいかけたのですが、いま横になっているムシャノコウジガワさんを、背中をのばした正しい姿勢ですわらせるのには、どう考えても、かなりの時間がかかりそうです。

それよりは、いまは、この揚げたてでおいしいカレーパンを食べることのほうがたいせつな気がしましたので、先生は、ムシャノコウジガワさんのまちがった姿勢はなるべく見ないようにして、心をカレーパンのあじに集中しました。

それで、

「もう一つ」

と、ムシャノコウジガワさんが先生のほうに手を出したときには、もう先生は十八個めのカレーパンを食べおわっていて、最後にのこった一つだけのカレーパンを、しぶしぶ、ムシャノコウジガワさんの手にわたしました。

「さあ、では、お昼ごはんがおわったら、もういちど、体操の授業ですよ」

と、先生は、からっぽになったふくろを手の中でねじりながら、ふきげんにいいました。

そして、

「ごみばこは……ちっ、ちっ、あんなに遠くにある。えーい！」

と、そのふくろを野球のボールみたいにまるめると、遠くのごみばこめがけて投げました。

パン屋さんのふくろは飛んでいって、すっぽりと、ごみばこの中に入りましたので、先生はひどくうれしくなって、きゅうに午後からの授業にもぐんと「やる気」が出てきたような気がしました。

それで、カレーパンは見ないようにしながら、ムシャノコウジガワさんのほうを見て、

「ムシャノコウジガワさん、ひとりで顔を地面に出すことができたのは、りっぱですね。

えらい、えらい」

と、ぱちぱち手をたたきました。ムシャノコウジガワさんにたいしても、あんまりガミガミおこるより、自信をもたせて「やる気」にさせようと思ったのです。

ムシャノコウジガワさんは、ほめられたので、にこにこしましたが、そのまま、のんびりカレーパンをかじっていました。

それで、先生は、ムシャノコウジガワさんをもっと「やる気」にさせようと思って、こういいました。

「さあ、ムシャノコウジガワさん。もっと体操の練習をすれば、くしゃみをしなくても、いつでもとてもかんたんに、ひとりで顔を地面に出すことができるんですよ」

「じゃあ、くしゃみの練習をしたら、体操をしなくても、いつでもとてもかんたんに、ひとりで顔を地面に出すことができるんですね」

と、ムシャノコウジガワさんは、カレーパンの最後のひとかじりを口にほうりこんで、いいました。

「それもそうだな」

と、先生は思いましたが、ざんねんながら、先生は体育の先生で、くしゃみの先生ではありません。

それで、

「くしゃみの練習は、休み時間か自習の時間にやってください。さあ、いまからは、もういちど、腕立てふせの練習です。では、ムシャノコウジガワさん、いいですか。腕立てふせでたいせつなことは、三つあります。一つは、からだをまっすぐにすること」

そういいながら、先生は、ムシャノコウジガワさんのうつぶせになったからだを、まっすぐになおしました。

「二つめは、手の位置です。耳のま横で、肩のはばくらいに広げて、地面につけること」

先生は、ムシャノコウジガワさんの両方の手を、耳のま横で、肩のはばくらいに広げて、地面につけました。

「三つめは、足を動かさないこと」

先生は、ムシャノコウジガワさんの足首をしっかりとおさえました。そして、

「さあ、では、ムシャノコウジガワさん。ゆっくり頭をもちあげてみましょう」

と、大きな声でいったのですが、今度はすねてもふくれてもいなかったのに、ムシャノコウジガワさんは、やっぱり頭をもちあげることはできませんでした。

11 体育の先生はちょっとずるい考えを思いつく

先生は、ムシャノコウジガワさんの頭を力いっぱいひっぱって、もちあげようとしました。ところが、それでムシャノコウジガワさんの足をおさえていた手をはなしたために、ムシャノコウジガワさんはたちまち足を動かして、手も地面からはなしてしまうし、からだときたら、とんでもないグニャグニャのまちがった姿勢になっています。

「ムシャノコウジガワさん、ムシャノコウジガワさん、腕立てふせでたいせつなことを三つ、いま、わたしが教えたのをわすれたのですかっ！」

と、先生がさけんでも、ムシャノコウジガワさんはぜんぜん、腕立てふせでたいせつなことのたった一つも、まもろうとはしないのでした。

「いかん……。ムシャノコウジガワさんに腕立てふせを教えるには、わたしの手の数が少なすぎる……」

と、先生は、ようやくのことで気がつきました。

「しかたない。町の人みんなに手つだってもらおう」

と、思いついた先生は、地面でグニャグニャとしているムシャノコウジガワさんに、

「じゃ、わたしはこれから『ムシャノコウジガワさんの鐘』を鳴らしに、広場へ行ってきますから」

と、いいかけたのですが、

「あっ！　いや、まてよ」

と、あぶないところで思いなおしました。

「ムシャノコウジガワさんの鐘」が鳴らされるのは、ムシャノコウジガワさんがあなに落ちたときです。ムシャノコウジガワさんは、いま、たしかに町の人みんなに手つだってもらいたい状態になってはいますが、でも、あなに落ちているとはいえません。

　ムシャノコウジガワさんが鼻であなを作った砂場の砂は、いまや全部、中国に行ってしまったのです。そして、砂といっしょに、あなも行ってしまいました。

あながないのに「ムシャノコウジガワさんの鐘」を鳴らすのは、規則違反にちがいありません。

「それなら、ムシャノコウジガワさんの鼻のそばに、もう一つ新しいあなをほって、そ

れにムシャノコウジガワさんの鼻を入れてから、『ムシャノコウジガワさんの鐘』を鳴らしに行こうか」

と、先生は考えてみましたが、でも、新しいあなをほるのはめんどうだし、もう、あのスコップもありません。スコップも、砂といっしょにどこかへ行ってしまったのです（たぶん、中国の北部と、となりの村のあいだのどこかです）。

それに、そもそも、よく考えてみたら、自分が「ムシャノコウジガワさんの鐘当番」でないときに、「ムシャノコウジガワさんの鐘」を鳴らしていいのかも心配でした。

先生は、ムシャノコウジガワさんに、

『ムシャノコウジガワさんの鐘当番』でないときに、『ムシャノコウジガワさんの鐘』を鳴らした人は、町の規則に違反することになるのかな？」

と、聞きましたが、ムシャノコウジガワさんは、

「知らない」

と、こたえました。自分では「ムシャノコウジガワさんの鐘当番」になったことがなかったからです。

それで、先生は、

『ムシャノコウジガワさんの鐘当番』でないときに、『ムシャノコウジガワさんの鐘』を鳴らした人を見たことは？」

と、聞きましたが、ムシャノコウジガワさんは、

「いちどもない」

と、こたえました。だいたい「ムシャノコウジガワさんの鐘」が鳴らされるときは、大きなあなの底にいて、あなの外のようすは見えないことが多かったからです。

けれど、体育の先生は、自分以外の人の身になってみて考えるということを、あまりしない人でした。それで、ムシャノコウジガワさんのこたえを聞いて、きっと「ムシャノコウジガワさんの鐘当番」以外の人が「ムシャノコウジガワさんの鐘」を鳴らすのは、規則違反なのだろうと考えました。

先生は、ためいきをつきながら、ムシャノコウジガワさんのまわりをぐるぐるまわっていましたが、とつぜん、いいことを思いつきました。

ムシャノコウジガワさんに、横になったまま、さけび声をあげてもらうのです。それなら、そのさけび声をだれかが聞いて、「ムシャノコウジガワさんの鐘当番」の人に、「ムシャノコウジガワさんの鐘」を鳴らすようにいってくれるにちがいありません。

もちろん、ムシャノコウジガワさんは、あなに落ちたわけではないので、「ムシャノコウジガワさんの鐘当番」の人が「ムシャノコウジガワさんの鐘」を鳴らすのは、規則違反かもしれませんが、でも、その場合は、「ムシャノコウジガワさんの鐘当番」の人が規則違反になって、先生は規則違反にはなりません。

「うん、これはいい考えだ」

と、先生は思いました。

「もちろん、ちょっとずるい考えかもしれないけれど」

先生は、いつも、自分のクラスの子どもたちには、

「ずるいことをしては、いけません」

と、教えていました。でも、このままでは、いつまでたっても、ムシャノコウジガワさんに腕立てふせを教えることができません。

「そうとも、それではムシャノコウジガワさんがかわいそうだ。すべてはムシャノコウジガワさんのため、ムシャノコウジガワさんの勉強のためなのだ」

先生は決心し、全力でムシャノコウジガワさんの足をけとばしました。

予想どおり、ムシャノコウジガワさんは、大きなさけび声をあげましたが、町の人たち

はみんな、けさ早おきをしたせいで、ぐっすり昼寝をしていたので、だれもムシャノコウジガワさんのさけび声には気づきませんでした。

12　体育の先生はとても楽しく授業をすすめる

「だれもこないね」

と、体育の先生は、たっぷり一時間まったあとでいいました。

「あのさけび声では、うまく聞こえなかったのかなあ」

それで、もういちど、ムシャノコウジガワさんの足をけとばそうとしましたので、ムシャノコウジガワさんは大いそぎで、口をきかないまま、さっ、と足だけずらしました。

さっき、けとばされてからというもの、この先生とは、ぜったいに口をきかない、と決めていたのです。

けれど、それで先生がしりもちをつくのを見たとたん、

「やあい！　体育の先生のくせに、かっこわるいの！」

うれしくなって、思わず、口をきいてしまいました。

「……あ……」

と、あわてて口をふさいだムシャノコウジガワさんに、

「なんだって？　わたしが、かっこわるいだって？」

と、体育の先生は、ズボンのおしりをはたきながら、ものすごくはらを立てていいました。

「そもそも、だれのために、わたしがきみをけとばそうとしたと思っているんだ？　すべて、きみの勉強のためなんだぞ」

体育の先生は、ムシャノコウジガワさんに、「勉強のたいせつさ」について、くどくどと一時間、話しました。話しているうちに、なかなか調子が出てきたので、図書室から体操の本を借り出してきて、ムシャノコウジガワさんに読んで聞かせました。

ムシャノコウジガワさんは、最初の十分くらいは、しかたなく聞いていたのですが、そのうち、たいくつしてねむくなってきました。

ムシャノコウジガワさんは、体操をするのもきらいでしたが、教科書や本を読む勉強はもっときらいだったのです。それに、休み時間に「きゅうけい」をしたとはいうものの、きょうのムシャノコウジガワさんは、かわいそうに、ひどく早おきをしていました。

もちろん、きょうの朝、早おきしたのは、体育の先生のほうもおなじだったのですが、

先生はいつも早おきだったので、べつにねむくなることはありません。それに、先生は、「勉強のたいせつさ」について話すのも、体操の本を読んで聞かせるのも大すきだったので、自分ではぜんぜん、たいくつなんかしませんでした。

それで、とても楽しく体操の授業をすすめていたのですが、そのうちに、ふと、だれかがイビキをかいているのに気がつきました。

「だれです？　授業中に、イビキなんかかいているのは……あっ、きみだな、ムシャノコウジガワさんっ！」

こわい声でどなったのですが、その先生の声よりも、ムシャノコウジガワさんの鼻から出るイビキの音のほうが、ずっと大きくひびいていて、

「ムシャノコウジガワさんっ！　ムシャノコウジガワさんったら！　立たせますよ！」

と、先生がいくら声をかぎりにさけんでも、ぜんぜん、ムシャノコウジガワさんの耳にはとどかないようです。

先生は、むっとして、こんなことなら、「ムシャノコウジガワさんは鼻をはさみでちょんぎる」に投票しておくのだったと後悔しましたが、気がつけば、あたりはもうすっかり暗くなっていました。

「さっきから本がどうも読みにくいと思っていたが……そうか、もう、こんな時間か」

ひとりごとをいったとたんに、くしゃみが出ました。風もそろそろ、すずしくなりはじめていたのです。

先生のくしゃみは、それほど大きくなかったのと、砂場の砂はもう全部、中国の北部へ行っていたのとで、どこの国にも、なぞの砂あらしがおきることはありませんでした。

そしてムシャノコウジガワさんも、ぜんぜんおきることはありませんでしたので、先生は、こんなに暗くなるまで勉強をしていたムシャノコウジガワさんをおこすのもかわいそうになって、保健室からふとんをもってきて、ムシャノコウジガワさんのからだの上にそっとかけてやりました。

13

町の人たちは新しい話し合いをはじめる

そのころ、昼寝からさめた町の人たちはみんな、落ちつかない顔をして、広場をうろうろしていました。

なにしろ、もうこんなに暗くなっているというのに、きょうはただのいちども「ムシャノコウジガワさんの鐘」が鳴らないのです。

「たいくつだよ」

と、太った人はいいました。

「まったくだ。こんなたいくつな一日ははじめてだった」

と、もうひとりの人も、大きくうなずいていいました。この人は、みんなよりもちょっとばかり町のはずれに住んでいたので、ぽつんとはなれた家に自分ひとりでいるのが、よけいにさびしくてたまらなかったのです。

「いっそ、みんなでピクニックに行ったらよかったな」

と、床屋さんがいいましたが、

「いや、せっかくピクニックに行っても、『ムシャノコウジガワさんの鐘』が鳴らないんだったら、きっと、つまらなかったにちがいないよ」

と、クリーニング屋さんは、口をとがらせていいました。「ムシャノコウジガワさんの鐘」が鳴るのを、いまかいまかと耳をすませながら、いそがしく、おべんとうをかきこむように食べるのが、ピクニックのスリルと楽しみだというのです。

「やっぱり、あの『ムシャノコウジガワさんの鐘』が鳴らないのは、さびしいものですわ」

「どうでしょう？　きょうの『ムシャノコウジガワさんの鐘当番』の人に、なんとか『ムシャノコウジガワさんの鐘』をほんのちょっとだけでも鳴らしてもらえないかしら？」

「それはいいわね。もう夜になるんだし、いくらなんでも、このままできょう一日がおわってしまうというのもねえ」

と、女の人たちがうなずき合うのを見て、この日の「ムシャノコウジガワさんの鐘当番」である薬屋さんは、よろこびいさんで「ムシャノコウジガワさんの鐘」の前に出てきました。

　そして、薬屋さんが、ゆっくりと手をこすり合わせ、「ムシャノコウジガワさんの鐘」

をほんのちょっとだけ鳴らそうとしたとたん、

「いやいや、まちなさい」

と、町役場の人たちが、むずかしい顔をしていいました。

「そうかんたんに『ムシャノコウジガワさんの鐘』を鳴らしてもらってはこまりますぞ。『ムシャノコウジガワさんの鐘』を鳴らしていいのは、ムシャノコウジガワさんがあなに落ちて、さけび声が聞こえたときと、町の規則で決まっているのだから」

それで、みんなは、ムシャノコウジガワさんのさけび声が聞こえないかと、いそいで耳をすましたのですが、風に乗って遠くから聞こえてくるのは、ムシャノコウジガワさんの大きなイビキの音だけ。

「ムシャノコウジガワさんのイビキが聞こえたときも、『ムシャノコウジガワさんの鐘』を鳴らしていいことにしたら、どうです?」

と、床屋さんがいいましたが、町役場の人たちは、むずかしい顔をよせ合って相談した結果、

「それは、これまでの町の規則にはないことなので、そうかんたんには許可できません」

と、いいました。

それから、ちょっと声をひそめて、

「でも、もしも、この中に、ムシャノコウジガワさんのさけび声をいちどでも聞いたように思う人がいるなら、いまからちょっとだけ『ムシャノコウジガワさんの鐘』を鳴らしていいことにしましょう。それなら、ムシャノコウジガワさんがさけび声をあげた回数と、『ムシャノコウジガワさんの鐘』の鳴った回数の記録が合うので、問題にはなりません」

といって、町の人たちの顔をぐるりと見まわしましたが、だれも、

「はい、わたしが聞きました」

とも、

「はい、わたしが聞いたような気がします」

とも、いいだしてはくれません。

町役場の人たちは、こわい顔をして、

「ほんとうにきょうは朝から、ムシャノコウジガワさんがあなに落ちたさけび声がいちども聞こえてこなかったのですか？」

と、「ムシャノコウジガワさんの鐘当番」の薬屋さんにたずねましたが、

「うん、聞こえなかったね」

と、薬屋さんはいいました。

「いちどだけ、大きなくしゃみの音は聞こえたけど、ティッシュペーパーも買いにこないところをみると、きっと、たいしたことはなかったんだろうよ」

薬屋さんは、自分が昼寝していたことはわすれていました。昼寝から目がさめたあと、ムシャノコウジガワさんのさけび声に耳をすましてまっている時間があんまりたいくつだったので、もう昼寝したのは、きのうか、おとといだった気がしていたのです。

町役場の人たちも、みんなも、がっかりしました。でも、がっかりしたことを口に出していうのも、ムシャノコウジガワさんにしつれいだと思いました。それで、魚屋さんが、

「これはきっと、体育の先生が、ムシャノコウジガワさんに鉄棒を教えるのに成功したにちがいない」

と、いいだすと、たちまち、みんなさんせいして、

「なるほど。あの先生は、たいしたもんだ」

「いやいや、わたしなんか最初から、あの先生はりっぱな先生だとわかっていましたよ」

と、口々にいって、体育の先生をほめたたえました。

「体育の先生といえば、少し前に、知らないおひゃくしょうさんのトラクターに乗って、

うちの店にやってきたけど」

と、パン屋さんがいいましたが、

「そりゃ、あんたが、だれかほかの人と見まちがえたんだろうよ。けさは早くから、チョコレートパンの大安売りでてんてこまいだったから」

と、みんなはいって、だれも信じてはくれません。

「でも、あんなにたくさんカレーパンを買ってくれるのは、体育の先生だけなんだがなあ」

と、パン屋さんは首をひねりましたが、

「仕事につかれて、まぼろしを見ることは、よくあることだよ。そんなときには、四十二度のお湯に八十分間つかるか、八十一度のお湯を百四十三ばい飲むかのどっちかにかぎる」

　町でいちばん物知りとじまんしている男がいいましたので、それで、町の人たちは、パン屋さんが四十二度のお湯に八十分間つかるか、八十一度のお湯を百四十三ばい飲むかのどっちがいいのかで、熱心に話し合いをはじめて、ムシャノコウジガワさんと「ムシャノコウジガワさんの鐘」のことは、それきり、わすれてしまいました。

14 ムシャノコウジガワさんは授業を「見学」することになる

さて、すっかりまっ暗になった小学校の運動場では、ムシャノコウジガワさんと体育の先生がふたりならんで、もうぐっすりとねむっていました。

じつをいうと、体育の先生は、ムシャノコウジガワさんにふとんをかけてやったあと、自分は家に帰って寝るつもりだったのですが、ムシャノコウジガワさんの気もちよさそうなイビキを聞いているうちに、

「自分は、あしたの朝も早おきして、学校にやってこなければならないのに、生徒のムシャノコウジガワさんだけ、ここでのんびり寝ているのはずるい」

という気がしてきたのです。

よく考えれば、自分がとなりの村まで行って帰ってきたあいだも、ムシャノコウジガワさんは生徒のくせに、ずっとのんびり寝ていたのです。先生は、思い出すとくやしくなったので、ムシャノコウジガワさんの横にもぐりこむと、ふとんをグイッと自分のほう

にひきよせました。ふとんから、ムシャノコウジガワさんのからだが半分はみだしたのがわかりましたが、気にしないことにしました。

そしてそれきり、すやすやとねむりこんでしまったのですが、それが、つぎの日の朝になってみると、先生自身にとっても、あまりよくない行動だったことがわかったのです。

目がさめたとたんに、先生は、また自分のからだが空中を飛んで、となりの村のおひゃくしょうさんの牛小屋の屋根に墜落するのがわかりました。先生にふとんをとられたせいで鼻かぜをひいたムシャノコウジガワさんが、朝いちばんの大きなくしゃみをしたのですね。

けれど、「うけみ」のじょうずな体育の先生は、またけが一つせずに、元気におひゃくしょうさんのトラクターに乗せてもらって帰ってきました。

そして、おひゃくしょうさんへのおれいには、どっさりのカレーパンとクリームパンを、自分とムシャノコウジガワさんの朝ごはんには、どっさりのカレーパンを買って、小学校にもどってくると、

「おはよう、ムシャノコウジガワさん」

と、あいそよく朝のあいさつをしたのですが、ムシャノコウジガワさんは、だまっていま

した。先生に朝ごはんのカレーパンを二つもらっても、一つはわざと食べずにのこしました。

そして、先生が、

「さあ、きょうも元気に、体操の授業をはじめましょう」

といったとたん、先生をにらみつけると、

「きのうの体操の授業のせいで、鼻かぜをひいてしまった。もう、きょうからはぜったいに、体操の授業なんか受けないぞ」

と、たいへんなけんまくで、もんくをいいました。

「なんだって？　体操の授業は、からだにいいんだぞ」

と、先生はいいかえしましたが、そのとたん、ムシャノコウジガワさんが鼻かぜをひいたのは、自分がきのうの夜、ふとんをひっぱったせいだったかも……と、思い出して、ちょっとはずかしくなりました。

それで、できるだけやさしい声で、

「では、きょうの体操の授業は、ムシャノコウジガワさんは『見学』ということにしましょう」

と、いいました。

「うん、それならいいな」

と、ムシャノコウジガワさんもさんせいしたので、その日の体操の授業は、先生が鉄棒の「もはんえんぎ」をして、ムシャノコウジガワさんは「見学」ということに決まりました。

15 体育の先生が「もはんえんぎ」をする

「では、よく見ていてください、ムシャノコウジガワさん。まず、これが前まわりです」

先生は、鉄棒で、前まわりをやってみせました。ぱちぱちぱちぱちぱち、と、ムシャノコウジガワさんは手をたたきました。

「つぎは、さかあがりです」

先生は、さかあがりをやってみせました。ぱちぱちぱちぱちぱち、と、ムシャノコウジガワさんは手をたたきました。

「つぎは、後ろまわりです」

先生は、後ろまわりをやってみせました。ぱちぱち、と、ムシャノコウジガワさんは手をたたきました。少し、手をたたくのが、めんどくさくなってきたのです。

けれど、先生は気にしませんでした。鉄棒がなかなか調子に乗ってきていたのです。

先生は、かた足まわりをやり、ふみこしとびおりをやり、けんすいを二百回しました。

そのあと、ななめけんすいも五百七十八回したので、へとへとになりました。

でも、うまいぐあいに、この日は土曜日だったので、

「じゃ……じゃあ、きょ……きょうの授業は……ここまでです」

と、先生は、はあはあしながらいいました。

ムシャノコウジガワさんは、かた目をあけて、ぱちぱちぱち、と手をたたきました。そして、半分あくびをしながら、

「いやあ、先生、すばらしい授業でした。とても楽しかったです」

と、おせじをいうと、はあはあしていてあくびに気がつかなかった先生は、たちまちにこにこ顔になって、

「そっ……そうでしょ……う、そう……でしょう」

と、まだはあはあしながら、いいました。

「きょうみたいな授業をつづけてもらったら、わたしもずいぶん体操の実力がつくと思います」

と、ムシャノコウジガワさんがまたいったので、先生はもっとにこにこして、

「そっ……そうでしょう、そうでしょう」

と、いいました。そして、

「きみは、じつに『教えがい』のある、すばらしい生徒ですね」

といって、ムシャノコウジガワさんの手をとって、握手しました。

「来週の月曜日は、マット運動の『もはんえんぎ』を見せようと思いますが、どうでしょう?」

「すばらしいと思います。楽しみです」

「では、つづいて火曜日には、跳び箱の『もはんえんぎ』も見せてあげましょうね」

「ああ、先生、わくわくします」

「そして、そのつぎの水曜日には……うん、そうだな、よかったら、このわたしが、ひとりでドッジボールをするところも見せてあげますよ」

「えっ? どのようにするのですか? 早く見たくてたまりません」

体育の先生とムシャノコウジガワさんは、礼儀正しく、にこにこと話し、そうやって話せば話すほど、おたがいのことがどんどん、いやでなくなってきた気がしました。

先生は、

「こんなに自分を尊敬して、自分の授業を楽しみにしてくれる熱心な生徒には、小学校の先生になって以来、はじめて会ったぞ。こんなに熱心ないい生徒のムシャノコウジガワさんを、きのうは、けとばしたりして、わるかったな」

と、しんけんに思いましたし、ムシャノコウジガワさんは、

「こんなに自分だけでがんばってラクチンな授業をしてくれる親切な先生には、小学校に入って以来、はじめて会ったぞ。こんなに親切ないい先生の『もはんえんぎ』を最後までちゃんと見ずに、いねむりしたのはわるかったかも」

と、ちょっとだけ思いました。

そして体育の先生は、こんなに熱心ないい生徒のムシャノコウジガワさんと来週の月曜日まで会えないのは、どうもさびしいように思いましたので、

「どうですか、ムシャノコウジガワさん、体操の授業がつづくあいだは、わたしたち、いっしょに学校でくらすというのは？」

「う……うーん、でも、ちょっとは、いいかもね、通学しないですむというのは……」

「そうそう、わたしも通勤しないですむし」

「でも、どこで寝るんです？」

「そりゃ、ムシャノコウジガワさんが、なるべく歩かないですむように、このもと砂場

だった場所で。ちょうど保健室のふとんももってきてあるしね。あっ、でも、一まいだけしかないのが、こまったな……。ええと、ほら、ふたりでいっしょのふとんで寝ると、もしかしたら、わた……いや、わたしたちのどちらかがまちがって、そう、悪気はなくても、ついうっかりね、ふとんをひっぱってしまうなんてことも、その、まったくぜんぜんは、ありえないことでもないので……」

体育の先生は、きのう、自分がふとんをひっぱったことは、だまっていました。せっかく自分を尊敬して、自分の授業を楽しみにしてくれている生徒のムシャノコウジガワさんに、きらわれてしまうのがこわかったのです。

ムシャノコウジガワさんも、

「ふとんが一まいだけしかないのなら、とうぜん、鼻かぜをひいているかわいそうな病人の自分が、そのふとんをかけて寝る権利があるな」

と、いいかけたのですが、そんなことをいって、自分よりも力の強い体育の先生とけんかになるのは、いやでした。

それで、よく考えて、

「なら、どうでしょう、わたしがふとんをかけて、先生はわたしの鼻の中で寝るというのは？　わたしの鼻の中なら、あったかいですし、広いですよ」

と、いいました。

「ムシャノコウジガワさん、でも……くしゃみ……しませんか？」

と、先生は、おそるおそるたずねましたが、

「ふとんをきちんとかけていれば、だいじょうぶ」

　ムシャノコウジガワさんは、きっぱりとこたえました。

それで、ふたりは、それから毎日、学校でいっしょにくらし、ごはんは、体育の先生が給食室で作ることにしました。

「せめて、ごはんのおかずの買い物をする係は、自分が受けもちましょう」

と、ムシャノコウジガワさんは、わざとらしく大きな声でいいましたが、先生は、もちろんいそいで、

「いや、どうせクリーニング屋さんに、毎日シャツをもっていくから」

と、ことわってくれたので、

「あっ、そうですか。じゃあ、そういうことで」

と、ムシャノコウジガワさんも大いそぎでこたえ、

「ああ、この先生は、ほんとうにラクチンで親切でいい人だ」

と、心の底から思いました。

16 町の人たちも新しい生活になれはじめる

さて、こんなふうにして、ムシャノコウジガワさんと体育の先生が新しい生活をはじめたいっぽう、町の人たちも、だんだんと少しずつ、「ムシャノコウジガワさんの鐘」の鳴らない毎日の生活になれはじめてきました。

「ああ、たいくつだ。たいくつだ。もう『ムシャノコウジガワさんの鐘』が鳴らないと、することがない」

と、ぼやいていた人たちも、最近ではサボテンに水をやったり、傘の上でお皿をまわす練習をしたりするようになりましたし、

「『ムシャノコウジガワさんの鐘』が鳴らないと、運動不足になって太るから、こまるわ」

と、もんくをいっていた女の人たちも、

「『ムシャノコウジガワさんの鐘』の鳴らないときにジョギングするのも、なかなかあじわいがあるわよね」

とか、
「おふろにゆっくり三分間くらい、落ちついて入るのって気もちいいんじゃありませ
ん？」
とか、いいあうようになりました。
そして、
「まさか、そんな。おふろに三分間も入ったら、のぼせてしまうよ」
と、わらってばかにしている人たちだって、最近では、トイレにゆっくり三分間くらい、
落ちついて入っていられるのは、けっこういいことだと思えるようになってきたのです。
薬屋さんは、いつまでたってもムシャノコウジガワさんが、ばんそうこうも、いたみ
どめの薬も買いにこないので、がっかりしましたが、そのかわり、毎日、体育の先生が、
ムシャノコウジガワさん用のたくさんのティッシュペーパーと、「クシャミ・ピタッ！」
という名前のかぜ薬を買いにきてくれます。
クリーニング屋さんは、毎日、体育の先生がひとり分のシャツしかクリーニングに出し
てくれないので、商売はとくべつもうかってはいないのですが、
「なあに、そのうちにはムシャノコウジガワさんも、もっと体操して、シャツをクリーニ

ングに出してくれるさ」
と考えて、楽しみにしていました。

そして、ある日、店の前で、ひとりでさかだちの練習をしていたときに、

「そうだな、ムシャノコウジガワさんも、もうずいぶん腕の力がついたにちがいない」
と、思ったので、クリーニング屋さんは、さっそく広場に出かけていって、こういいました。

「ねえ、だれか、ひとっ走り小学校まで行って、ムシャノコウジガワさんのようすを見てきたらどうだろう？　そう、たとえば、きょうの『ムシャノコウジガワさんの鐘当番』の人が行くとか？」

わるいことに、その日の「ムシャノコウジガワさんの鐘当番」は、この町の人の中でいちばん走るのが苦手な、あの太った人でした。

それで、太った首をふりながら、

「走るのはなあ」
と、いって、ことわりましたが、薬屋さんが、

「でも、ムシャノコウジガワさんの鼻かぜがどんなぐあいかも心配だしね」

と、いうと、

「たしかに、ムシャノコウジガワさんの鼻かぜがどんなぐあいかは心配だな。場合によっては、ベランダの植木鉢を全部、家の中に入れなきゃならないし。じゃあ、走るのはいやだけど、歩いてだったら、小学校まで行ってもいい」

と、ひきうけることになりました。

「ようし、じゃあ、これをついでに先生にもってってくれ」

と、クリーニング屋さんは、店に走ってもどると、きれいにあらってアイロンをかけた先生のシャツをもってきて、太った人にわたしました。

「じゃあ、ついでに、これもたのむ」

と、薬屋さんは、ティッシュペーパーを十箱と、「クシャミ・ピタッ！」と、それからねんのために体温計と、ばんそうこうと、ぬり薬と、包帯も一まき、わたしました。

「おっと、じゃ、包帯を切るのに、はさみがいるな」

と、床屋さんは、店で使っているいちばん大きなはさみをわたしました。

　町でいちばんの物知りとじまんしている男は、『包帯のまきかた』という大きな本をもってきて、

「この本を見れば、包帯のまきかたがすぐにわかるぞ。手だろうが、へそだろうが、耳のあなだろうが、正しい包帯のまきかたが全部、わかりやすく書いてあるんだ」

と、太った人にわたしました。

魚屋さんは、

「先生とムシャノコウジガワさんが、おなかをすかせてたらいけないから」

と、店でいちばん上等のさしみ盛り合わせをわたしました。

パン屋さんは、

「先生に。あ、もちろん、ムシャノコウジガワさんにも」

と、カレーパンとチョコレートパンを二十個ずつ、わたしました。

文房具屋さんは、

「勉強に使ってもらってください」

と、気前よくノート三十さつと、えんぴつ六十本をさしだしました。

おまわりさんは、小学生たちが警察署に見学にきたときにわたす「こどもけいさつバッジ」をわたしましたし、つりえさ屋さんは、ゴカイとミミズの入ったビニールぶくろを、写真屋さんはアルバムを、バレエスクールの先生はトゥーシューズ二足をわたしました。

みんな、

「もしかしたら、授業のなにかの役に立つかもしれない」

と、思ったのです。

それで、太った人が、ふうふういいながら、手の中のおみやげの荷物をかかえなおしているところへ、最後に近づいてきたのは、時計屋さんでした。

時計屋さんは、ぽっと顔をあかくしながら、小さな声でいいました。

「あの、これをどうか、いっしょに……わたしから、先生に……と」

時計屋さんがもってきたのは、店でいちばん大きくて背の高い柱時計でした。じつは、あの体育の先生こそ、時計屋さんの「初恋の人」だったのです。

それで、太った人は、

「家にシャツを着がえにもどらないと。とてももう、こんなに汗びっしょりになって、重い荷物を小学校までもっていけない」

と、いいだしましたので、それで、太った人は家に着がえにもどることになって、かわりにあしたの「ムシャノコウジガワさんの鐘当番」の人が、小学校に行くことになりました。

17 町の人たちの代表が小学校にむかう

太った人のかわりに小学校に行くことになったのは、なんと、時計屋さんでした。

時計屋さんは最初、

「先生に自分からプレゼントをわたすなんて……はずかしくって、とてもできない……」

と、思ったのですが、でも、

「先生に会いたい」

という気もちのほうが勝ちました。

それで、

「じゃ、わたしが行ってきます」

と、この役をひきうけたのですが、歩くみちみち、ずっとぼんやりして、体育の先生のことばかり考えていました。

「先生に会ったら、なんて、いおう？　わたしったら、先生の顔をちゃんと見られるかしら？　まあ、それに、きょうのわたしのふくそう、へんじゃないかしら？」

時計屋さんは、あかくなってとびあがり、文房具屋さんのガラスのウインドーをふりかえって、自分のすがたをうつして見ようとしたとたん、道にあった深いあなに落ちました。

それは、あの投票の日にムシャノコウジガワさんが自分からころんで作った五十六個めのあなでした。それで、とても深く、しっかりとできていたうえに、文房具屋さんも、ほかの町の人たちみんなも、まだ広場で、ムシャノコウジガワさんが鼻かぜをこじらせた場合に、庭の植木を全部、どうやって家の中に入れるべきかについての熱心な話し合いをしていましたので、だれも時計屋さんをたすけてくれる人はありません。

「ああ、先生、どうしましょう？　わたし、二度と先生にお会いできないまま、この深いあなの中で『そうなん』して『うえ死に』していくのですわ」

時計屋さんは、ぽろぽろと真珠のようななみだをこぼしました。

けれど、幸運なことに、きょうの時計屋さんは、カレーパンとチョコレートパンを二十個ずつもっていたのですね。それに、上等のさしみ盛り合わせももっていたので、「そうなん」して「うえ死に」することはありませんでした。

おまけに、この時計屋さんは、じつはたいへんな勇気と知恵のもちぬしだったのです。カレーパンとチョコレートパン二十個ずつとさしみ盛り合わせをお昼ごはんに食べて体力をつけたあとは、だれにもたすけられないでも、大きな柱時計によじのぼって、ひとりで脱出することができました。

少し右の手をすりむいてけがをしてしまいましたが、ぬり薬も、包帯も、着がえのシャツももっていたので、こまりませんでした。ただ、あなからあがるときに、くつを落としてしまったために、トゥーシューズにはきかえたのと、あなの中にあったぼうしをついかぶって歩きだしたために、このぼうしがときどきずりさがるのをなおしながら歩かなければならなくなったのが、そのあと、学校までの道を歩くスピードがおそくなってしまう大きな原因になりました。

18　町の人たちの代表が小学校に着く

さて、そんなわけで、時計屋さんが、ティッシュペーパー十箱と、「クシャミ・ピタッ！」と、体温計と、ばんそうこうと、大きなはさみと、『包帯のまきかた』という大きな本と、ノート三十さつと、えんぴつ六十本と、「こどもけいさつバッジ」と、ゴカイとミミズの入ったビニールぶくろと、アルバムと、トゥーシューズ一足と、店でいちばん大きくて背の高い柱時計をもって学校に着いたのは、もう夕方近くになっていました。

きょうの体操の授業は、もうおしまいになるところで、運動場の砂のない砂場の中では、体育の先生が、ムシャノコウジガワさんにむかって、六年生の体育の教科書を読み聞かせて、「きょうのふくしゅう」をしていました。

「……先生！」

時計屋さんは、体育の先生のすがたを見て、まっかになりました。

でも、体育の先生のほうはというと、体育の教科書を読むのに熱中しているので、ぜんぜん時計屋さんのほうには気づきません。

「よそ見」をしていたムシャノコウジガワさんだけが、時計屋さんのすがたを見て、まっかになりました。

「ああ、やっぱり、時計屋さんは、わたしのことがすきだったんだ。わたしが、どんなにがんばって勉強しているか、そのすがたをひと目見たくて、やってきたのにちがいない」

そう考えたムシャノコウジガワさんは、

「時計屋さんが声をかけてくるまでは、知らん顔して、勉強に熱中しているふりをしよう。そうだな、まっすぐ前をむいているより、少しうつむきかげんの横顔がいいな」

と、さっそく、時計屋さんのほうから見て「少しうつむきかげんの横顔」になるように姿勢をかえたのですが、そうやって、いつまで「少しうつむきかげんの横顔」でまっていても、時計屋さんはなかなか声をかけてきてくれません。

はずかしがりやの時計屋さんは、朝礼台のかげにかくれてしまい、そこから「初恋の人」の体育の先生のすがたをこっそり見つめていることしか、できなかったのですね。

そんなわけで、ムシャノコウジガワさんの耳に聞こえるのは、いつまでたっても「きょうのふくしゅう」で六年生の体育の教科書を読む先生の声ばかり。ムシャノコウジガワさんは、たいくつして、うとうとしてきました。

「……あっ、いけない、いけない。授業中にいねむりしているところを見られてしまっては」

と、ムシャノコウジガワさんは、あわてて目をあけて、きょろきょろあたりを見まわしましたが、朝礼台のかげにかくれている時計屋さんのすがたは見えません。

　それで、

「なんだ。時計屋さんを見たと思ったのは、まぼろしだったんだ。なるほど、まぼろしを見るなんて、これは勉強をしすぎたせいにちがいない。そんなときには、ねむって勉強のつかれをとるにかぎる」

と、ひとりごとをいうと、こんどはもっとかたく目をとじて、ちゃんとねむることに熱中しました。

　そして、体育の先生のほうはというと、もちろん、まだずっと体育の教科書を読むのに熱中していて、それでムシャノコウジガワさんのひとりごとにも、時計屋さんのすがたにも、ぜんぜん気がつかないままでしたので、時計屋さんは、

「ああ、体育の先生ったら、つめたい人。でも、ずっと、あいしてます。さようなら。先

生。わすれられない、初恋の人……！」

そう心の中でさけびながら、ぽろぽろと真珠のようななみだをこぼして、校舎のほうへ走りさりました。

そして、体育の先生のくつ箱の中に、ティッシュペーパー十箱と、「クシャミ・ピタッ！」と、体温計と、ばんそうこうと、大きなはさみと、『包帯のまきかた』という大きな本と、ノート三十さつと、えんぴつ六十本と、「こどもけいさつバッジ」と、ゴカイとミミズの入ったビニールぶくろと、アルバムと、トゥーシューズ一足を入れると、店でいちばん大きくて背の高い柱時計はその前において、泣きながら家に帰りました。

19 体育の先生が町の人たちのプレゼントを受けとる

そんなわけで、小学校の体育の先生が、暗やみで柱時計につまずいたあと、ティッシュペーパー十箱と、「クシャミ・ピタッ！」と、体温計と、ばんそうこうと、大きなはさみと、『包帯のまきかた』という大きな本と、ノート三十さつと、えんぴつ六十本と、「こどもけいさつバッジ」と、ゴカイとミミズの入ったビニールぶくろと、アルバムと、トゥーシューズ一足が、自分のくつ箱からあふれ出ているのをみつけたのは、その日の夜もずっとおそくになってからのことでした。

先生は、

「これは、きょうの『ムシャノコウジガワさんの鐘当番』の人が、町のみんなを代表してもってきてくれたのにちがいない」

と思って、ていねいなおれいの手紙を、太った人に書きました。

そして、ムシャノコウジガワさんのほうはというと、夕ごはんを食べおわるともう、とっくに、大きなイビキをかきながらねむりこんでいましたので、先生は、ティッシュペーパー十箱と、「クシャミ・ピタッ！」だけ、ムシャノコウジガワさんのまくらもとにおくと、体温計と、ばんそうこうと、大きなはさみと、『包帯のまきかた』という大きな本と、ノート三十さつと、えんぴつ六十本と、「こどもけいさつバッジ」と、ゴカイとミミズの入ったビニールぶくろと、アルバムと、トゥーシューズ一足と、柱時計は、ムシャノコウジガワさんの鼻の右のあなに入れ、自分は左のあなに入って、耳せんをしてから、ねむりました。

20 町の人たちはみんなおおいによろこぶ

さて、こんなふうにして、体育の先生とムシャノコウジガワさんのくらしは、毎日とても楽しく気もちよくすぎていきました。

先生は、それまで小学校の近くのせまいワンルームマンションに住んでいたので、ムシャノコウジガワさんの鼻のあなが右と左と二つあって、その日の気分で「ベッドルーム」を決められるのが、とてもぜいたくな感じがして、気にいっていました。

ムシャノコウジガワさんも、一つのことをのぞいたら、先生とのラクチンなくらしはだいたい気に入っていました。その一つのこととは、ときどき先生がねむりながらおならをすることで、そのおならのにおいがくさくて、つい目がさめてしまうのです。

もちろん、そんなときには、ムシャノコウジガワさんはいそいで自分の鼻をつまむのですが、そうすると、鼻の中でねむっている体育の先生もいっしょに、つまんでしまうことになります。

それで、

「あいたたっ」

と、先生もたちまちおこされて、ふきげんな顔をして中からもんくをいうのですが、でも、もとはといえば、ひとの鼻の中でおならをした自分がいちばんわるいのですから、すぐに、いさぎよく、

「ごめんなさい。わたしがいけませんでした」

とあやまって、ムシャノコウジガワさんの鼻の中で何度もぺこぺこおじぎをしながら、なんとかムシャノコウジガワさんに指をはなしてもらうのでした。

「ちっ、ちっ、まったく。先生のくせに、たまには、ひとへのめいわくというものを、考えてほしいもんだよ」

と、ムシャノコウジガワさんは、そのたびにぶつぶついって、ときどきは朝になっても、

「……きのうのおならのにおいを思い出すと、食欲がわかない……」

と、すねてふくれたまま、朝ごはんのおかずをそっくりのこしたりもしましたが、それでも、そんなときのことをのぞくと、体育の先生とムシャノコウジガワさんは、とてもなかよく体操の授業をすすめていました。

ムシャノコウジガワさんは、二度もプリントテストで百点をとりましたし、先生は、ムシャノコウジガワさんのために毎日、鉄棒や跳び箱の「もはんえんぎ」をするので、どんどん腕の力がついてきました。

とりわけトゥーシューズのプレゼントをもらってからは、クラシックバレエをおどる練習もはじめたので、からだ全体の筋肉がもりもりついて、夏休みがおわりに近づくころには、先生はとうとう、ムシャノコウジガワさんとムシャノコウジガワさんの鼻をひょいともちあげて、かんたんに自分のほうをむかせられるようにまでなりました。

それで、ムシャノコウジガワさんは、これまで地面に横になったまま、目だけ動かして先生の「もはんえんぎ」を見ていればよかったのが、しゃんとおきあがって授業を受けなければならなくなり、

「先生のせいで、だいぶそんをした」

と、自分では思いましたが、町の人たちは、みんなばんざいしてよろこび合い、先生をほめたたえました。

パン屋さんは、先生のために三日間、「カレーパン大まつり」をもよおして、カレーパンを二十個百円で販売しましたし、バレエスクールの先生は、とくべつに自分で作曲と

ふりつけをした「小学校の体育の先生のためのパヴァーヌ」を発表会でひろうしました。時計屋さんも勇気をふるって、夏休みの最後の日に「柱時計無料修理デー」を開催しました（ざんねんなことにムシャノコウジガワさんは、そして体育の先生も、まだ体操の授業があったので、行けなかったのですが）。

そして夏休みがおわって、あすから九月の新学期という日。

体育の先生は、もうこれきり、生徒のムシャノコウジガワさんとはなればなれになってしまうのが、どうもさびしいように思いましたので、体操の授業がおわっても、わたしたち、いっしょに学校でくらすというのは？

「どうですか？　ムシャノコウジガワさん、体操の授業がおわっても、わたしたち、いっしょに学校でくらすというのは？」

「う……うーん。ラクチンなのは、いいかもね。でも、子どもたちが運動場ではねまわって、やかましいのはごめんだな」

と、ムシャノコウジガワさんは、こたえました。

「それなら、わたしの家でいっしょに住みますか？　あっ、でも、せまいのがこまったな……あのワンルームマンションでは、ムシャノコウジガワさんの鼻はとても入りそうにない……」

と、頭をかかえた体育の先生を見て、ムシャノコウジガワさんも、よく考えながらいいました。

「なら、どうでしょう、わたしの家で住むというのは？　わたしの家なら広いですし、先生の鼻くらい、かんたんに入りますよ」

　というわけで、ムシャノコウジガワさんと先生は、それからはムシャノコウジガワさんの家で、いっしょにくらすことになりました。

　ムシャノコウジガワさんは毎日、先生がいっしょのときには、カレーパンや先生の作ったごはんを食べたり、ふたりで体操の授業をしたりし、それから先生がるすのときには、ひとりで横になって「きゅうけい」をしていますので、もう「ムシャノコウジガワさんの鐘当番」の人が、わざわざ町の人たち全員を集めるために「ムシャノコウジガワさんの鐘」を鳴らすこともなくなりました。ムシャノコウジガワさんがよろけそうになれば、すぐに先生がささえるし、たとえムシャノコウジガワさんがすねてふくれて、わざと自分で深いあなを作って落ちたときも、先生とムシャノコウジガワさんのそばにいる人たちだけが、ちょっと先生を手つだえばいいだけになったのですね。

　それで、とうとう、ある日のこと、

「ああ、せっかく『ムシャノコウジガワさんの鐘当番』になっても、もうすることがなくてたいくつだな」

と、その日の「ムシャノコウジガワさんの鐘当番」だった太った人がいいだしました。

すると、町の人たちはみんな、たちまちさんせいして、

「では、もう『ムシャノコウジガワさんの鐘当番』はいらないことにしたら、どうです？」

と、床屋さんがいうと、町役場の人たちは、にこにこした顔をよせ合って相談した結果、

「では、もう『ムシャノコウジガワさんの鐘当番』はいらない、ということにします」

と、こたえました。

「では、もう『ムシャノコウジガワさんの鐘』もすててしまうことにしたら？」

と、床屋さんはいいましたが、

「それは、地球のたいせつな資源をむだにすててしまうことになるので、そうかんたんには許可できません」

と、町役場の人たちはいって、また、にこにこした顔をよせ合って相談した結果、

「では、きょうから『ムシャノコウジガワさんの鐘』は『小学校の体育の先生の鐘』と

してリサイクル使用をすることにします」

と、いいました。

それで、「ムシャノコウジガワさんの鐘」は「小学校の体育の先生の鐘」になって、小学校の体育の先生が、自分で自分のことをほめたくなったときに自由に自分で鳴らしていいことに決まりました。

先生は、一日に何回か、この鐘を鳴らしましたが、先生が鐘を鳴らしても、もうべつにだれも走っていかなくていいので、町の人たちはみんな大だすかりでした。

解説

引き込み、作り変える力

児童文学評論家 宮川健郎

迷い道へようこそ。

この巻におさめられた三つの作品、『かめきちのおまかせ自由研究』（村上しいこ）、『竜退治の騎士になる方法』（岡田淳）、『ムシャノコウジガワさんの鼻と友情』（二宮由紀子）では、どれも、ふだんの暮らしとはずいぶんちがう世界がひらかれます。作品それぞれについて、少しずつ書いていきますが、それが迷い道を抜け出すことにつながるのか、それとも、読者の迷いを深めるのか、わかりません。

むかしむかし、あるところに、とっても大きな鼻をもった人がいました。あんまり大きくて重いので、その人が一歩ずつ歩くたびに、前の地面にめりこんで大きなあながあくほどでした。

『ムシャノコウジガワさんの鼻と友情』（偕成社、二〇〇一年）の書き出しです。（ごめんなさい。目次とは逆に書きはじめてしまいました。）いきなり、大きな鼻の人が登場しますが、読みはじめて、ははーんと連想することがあります。

禅智内供の鼻といえば、池の尾で知らないものはない。長さは五、六寸あって、うわくちびるの上からあごの下までさがっている。形はもともさきも同じようにふとい。いわばほそ長い腸づめのようなものが、ぶらりと顔のまんなかからぶらさがっているのである。

（引用は偕成社文庫版『杜子春・くもの糸』による）

こちらは、一九一六（大正五）年に発表された「鼻」という小説のはじまりです。禅智内供は、池の尾という、京都の宇治川の上流の山の中の寺にいた、徳の高い僧です。禅智内供もまた、大きな鼻の人でした。長さは五、六寸といいますが、一寸というのは三センチメートルほどですから、どのくらい長く大きい鼻だったか想像できます。内供は、五十歳をこえた今にいたるまで、鼻のことを気に病んできました。一つは、長い鼻がとても不便だったから。もう一つは、鼻のことで自尊心を傷つけられてきたから。禅智内供は、中国からわたってきた医者に教わった鼻を短くする方法を試してみるのですが……。

「鼻」は、「蜘蛛の糸」や「杜子春」などの童話でも知られている芥川龍之介（一八九二〜一九二七年）が小説家としてデビューするきっかけになった作品です。ムシャノコウジガワさんとアクタガワ、似ていますね。『ムシャノコウジガワさんの鼻と友情』は、芥川の「鼻」をふまえて書かれた作品ですが、いったい、どのようにふまえているのでしょうか。

芥川の「鼻」の結末をどう読むか――芥川の文学の研究者たちには、二通りの読みがあるようです。内供が自分の鼻のことは、もうあきらめたという少し「暗い」論と、内供がもう他人の目を気にしなくなったという「明るい」論とです。『ムシャノコウジガワさん』の作者は、「鼻」を明るく読んだのかもしれません。いや、暗く読んだからこそ、方向転換をしようとしたのかもしれないのですが、ムシャノコウジガワさんは、歩くたびに地面にめりこんで大きな穴が開くような重い鼻の持ち主なのに、物語のおしまいでは、ずいぶん機嫌よくすごすようになります。それも、町の人たちや学校の体育の先生がムシャノコウジガワさんに親切だからです。つまり、ここには友情が描かれているわけですが、『ムシャノコウジガワさんの鼻と友情』は、もう一つ、武者小路実篤（一八八五～一九七六年）の小説『友情』（一九二〇年）をふまえているはずです。『友情』は、主人公野島の恋と失恋を描いています。野島が思いをよせた杉子は、野島の親友、大宮のもとへと去るのでした。そうすると、『ムシャノコウジガワさんの鼻と友情』は、それほど、小説『友情』をふまえているわけではないのかもしれません。ふまえているのは、ムシャノコウジという作者の名前と『友情』というタイトルだけかもしれません。付け加えると、先の芥川龍之介の「鼻」は、『今昔物語』の「池尾禅珍内供鼻語」をふまえて書かれました。内供は、『今昔物語』に登場する人物なのです。

『竜退治の騎士になる方法』（偕成社、二〇〇三年）にもまた、ふまえているものがあります。

そもそも、騎士（ナイト）というのは、武器をもつことを許された青年のことで、竜退治の騎士のことも、ヨーロッパの古い物語に描かれています。たとえば、イギリス最古の英雄叙事詩『ベーオウルフ』や、ドイツ中世の『ニーベルンゲンの歌』です。

ベーオウルフは騎士で、王にもなりますが、年老いてから、炎を吐く竜とたたかいます。『ベーオウルフ』は、一千年ごろに書き写された、ただ一冊の写本で伝えられています。『ホビットの冒険』や『指輪物語』の作者、J・R・R・トールキンは、この叙事詩の研究者でもありますから、『ベーオウルフ』は、これらのファンタジーの源流ともいえます。

ベーオウルフは、岬の岩山の洞窟に住む竜にたたかいをいどみます。

そこで彼は足をとめ、剣で楯を打ち、中の火竜に挑戦の声をあげた。あまたの戦場で叫喚をつらぬいて響き、多くのセインらが耳にしてきたそのおたけびは、嵐のようにとどろきわたった。声は洞窟の奥まで突き通って、火竜はそれを聞いて目覚めた。洞窟の入口からは炎の息が雲のように噴き出し、大きな翼の打ちあわさる音が聞こえた。王が楯をあげて顔をおおう間もあらばこそ、大地がふるえとどろき、竜がずるずると巣穴から出てきた。

歴史物語の書き手であるローズマリ・サトクリフが叙事詩を再話したものから引きました（『ベーオウルフ』井辻朱美訳、原書房、二〇〇二年）。死闘の末、ベーオウルフは、竜に打ち勝ち、竜の宝も手に入れますが、ベーオウルフ自身も亡くなります。残された者たちは、竜の宝とともに英雄を葬ったのです。

さて、『竜退治の騎士になる方法』にも、勇士が登場します。教室に忘れた宿題のプリントを取りに行った「ぼく」と優樹は、突然、大きな声にむかえられます。――「きみたちがリュウでないことは、その足音でわかっていたよ。」腰から剣をつり、手には楯をもつ、その男は、まじめな顔で「おれは、竜退治の騎士やねん。」というのです。「どうやって竜退治の騎士になれたん？」とたずねられた男は、トイレのスリッパをそろえることから騎士の修行をはじめたというのですが……。

『竜退治の騎士になる方法』は、英雄を語る叙事詩をふまえていますし、『ムシャノコウジガワさんの鼻と友情』は、芥川龍之介や武者小路実篤をふまえていました。こうした、何かをもとにして作り変えたような作品を「パロディ」といいます。パロディには、物語が二重になっているおもしろさがありますし、引き込まれたもとの物語が、別のかたちで語り直されることを楽しむことができます。そこには、古典、名作といわれる作品が現代ふうに解放される喜びもあるのです。この二つの作品にある作り変える力は、ずいぶん強くて、痛快です。

『竜退治の騎士になる方法』には、夕方の教室に竜退治の騎士がいたという、おどろきがしかけられていますが、『かめきちのおまかせ自由研究』も、小学生のふだんの生活を描いているように見えます。夏休みももうすぐ終わるという暑い日、かめきちは、かあちゃんにたたき起こされます。――「いつまでねてるんや。夏休みやからいうて、昼までねてるアホがおるか」「宿題はどうしたんや。きょう、自由研究を考える、いうてたやないか」

物語は、かめきちの悩みの種である宿題の自由研究をめぐって展開していきます。

『かめきちのおまかせ自由研究』（岩崎書店、二〇〇三年）には、ふまえているものがあるでしょうか。特定の物語をふまえているわけではありませんが、何かを引き込み、そして、作り変えています。かめきちとしんごの自由研究は、びっくりするようなアイディアのもので、けいこちゃんや、ひとみがやったような、よくある「自由研究」が作り変えられています。かめきちの夏休みを描いたこの作品は、よくある「小学生の生活」をひっくり返す力にあふれています。

迷い道へようこそ。ここにある迷い道は、私たちにとってはあたりまえになっている、いろいろなものをひっくり返したところに生まれたものです。ふだんの自分を抜け出して、迷い道を楽しみませんか。

（付記）執筆にあたり、浅野洋他編『芥川龍之介を学ぶ人のために』（世界思想社、二〇〇〇年）を参考にさせていただきました。

村上しいこ むらかみ・しいこ

一九六九年、三重県に生まれる。二〇〇四年『かめきちのおまかせ自由研究』（岩崎書店）で第三十七回日本児童文学者協会新人賞、二〇〇六年『れいぞうこのなつやすみ』（PHP研究所）で第十七回ひろすけ童話賞、二〇一五年『うたうとは小さないのちひろいあげ』（講談社）で第五十三回野間児童文芸賞受賞。三重県在住。

岡田　淳 おかだ・じゅん

一九四七年、兵庫県に生まれる。一九八一年『放課後の時間割』（偕成社）で第十四回日本児童文学者協会新人賞、一九八七年『学校ウサギをつかまえろ』（偕成社）で第二十七回日本児童文学者協会賞、一九八四年『雨やどりはすべり台の下で』（偕成社）で第三十一回産経児童出版文化賞、一九九五年「こそあどの森」シリーズ（理論社）で第三十三回野間児童文芸賞受賞。作品に『二分間の冒険』（偕成社）などがある。兵庫県在住。

二宮由紀子 にのみや・ゆきこ

一九五五年、大阪府に生まれる。一九九五年『だれか、そいつをつかまえろ！』（BL出版）で第一回日本絵本賞翻訳絵本賞、二〇〇〇年「ハリネズミのプルプル」シリーズ（文溪堂）で第三十回赤い鳥文学賞、二〇一一年『ものすごくおおきなプリンのうえで』（教育画劇）で第十六回日本絵本賞大賞受賞。作品に『花見べんとう』（文研出版）、『スイーツ駅伝』（文溪堂）、『コロッケくんのぼうけん』（偕成社）などがある。兵庫県在住。

日本児童文学者協会創立七十周年記念出版

「児童文学　10の冒険」刊行に寄せて

児童文学というジャンルは、大人の作者が子どもの読者に向けて語る、というところに特徴があります。そのため、時に押しつけがましく語り過ぎたり、時に大人の側の独りよがりになってしまったりするようなことも、なしとはしません。ただ、そこに児童文学を書くことの難しさやおもしろさもあり、わたしたちは読者である子どもたちと、そして自身の中にある「子ども」とも心の中で対話しながら、さまざまな作品を書き続けてきました。

このシリーズは、児童文学の作家団体である日本児童文学者協会が創立七十周年を迎えたことを記念して企画されました。先に創立五十周年記念出版として刊行された「『心』の子ども文学館」（全二十四巻、日本図書センター刊）に続くものです。協会が創立されたのは太平洋戦争敗戦後まもない一九四六年のことで、その時代とはもとより、『心』の子ども文学館」が刊行された二十年前に比べても、大人と子どもとの関係は大きな変化を見せ、児童文学もさまざまに変貌しています。

主に一九九〇年代以降の、日本児童文学者協会の文学賞（協会賞・新人賞）の受賞作品や受賞作家の作品、そして同時代の他の文学賞の受賞作家の作品、長編と短編を組み合わせて一巻ずつを構成したこのシリーズを、わたしたちは、「児童文学　10の冒険」と名づけました。「希望」が語られにくい今の時代の中で、大人と子どもがどのようにことばを通い合わせていくことができるのか。それはまさに「冒険」の名に値する仕事だと感じているからです。

今子ども時代を生きている読者はもちろん、かつて子どもであった人たちも、本シリーズに収録された作品たちを手掛かりに、それぞれの冒険の旅に足を踏み出せるよう願っています。

日本児童文学者協会「児童文学　10の冒険」編集委員会

出典一覧

村上しいこ『かめきちのおまかせ自由研究』（岩崎書店）

岡田　淳『竜退治の騎士になる方法』（偕成社）

二宮由紀子『ムシャノコウジガワさんの鼻と友情』（偕成社）

「児童文学　10の冒険」編集委員会
津久井　惠・藤田のぼる・宮川健郎・偕成社編集部
装　画……牧野千穂
造　本……矢野のり子（島津デザイン事務所）

児童文学 10の冒険

迷い道へようこそ

発行　二〇一八年十二月　初版一刷

編者　日本児童文学者協会

発行者　今村正樹

発行所　株式会社偕成社
〒一六二-八四五〇 東京都新宿区市谷砂土原町三-五
電話〇三-三二六〇-三二二一（販売部）
〇三-三二六〇-三二二九（編集部）
http://www.kaiseisha.co.jp/

印刷　三美印刷株式会社

製本　株式会社 常川製本

NDC913 252p. 22cm ISBN978-4-03-539760-1

乱丁本・落丁本はおとりかえいたします。
本のご注文は電話・ファックスまたはEメールでお受けしています。
電話〇三-三二六〇-三二二一　ファックス〇三-三二六〇-三二二二
e-mail : sales@kaiseisha.co.jp

時間をめぐるお話を各巻5話収録

5分間の物語
1時間の物語
1日の物語
3日間の物語
1週間の物語
5分間だけの彼氏
おいしい1時間
消えた1日をさがして
3日で咲く花
1週間後にオレをふってください

日本児童文学者協会 編

©磯 良一

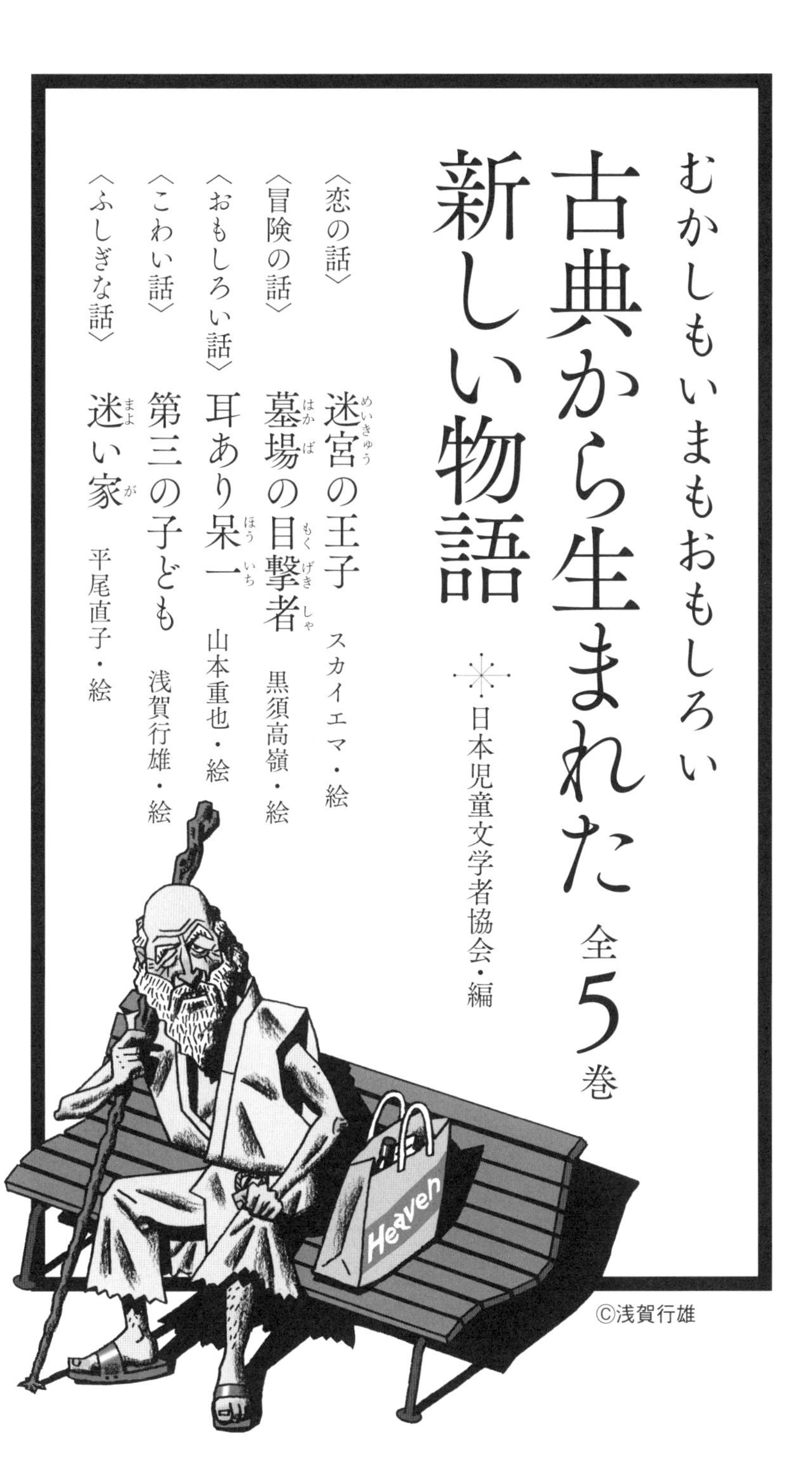
むかしもいまもおもしろい
古典から生まれた新しい物語
全5巻
日本児童文学者協会・編
〈恋の話〉迷宮の王子 スカイエマ・絵
〈冒険の話〉墓場の目撃者 黒須高嶺・絵
〈おもしろい話〉耳あり呆一 山本重也・絵
〈こわい話〉第三の子ども 浅賀行雄・絵
〈ふしぎな話〉迷い家 平尾直子・絵
Heaven